哈利·波特

魔法一年

"哈利·波特"系列作品

哈利·波特与魔法石

哈利·波特与密室

哈利·波特与阿兹卡班囚徒

哈利·波特与火焰杯

哈利·波特与凤凰社

哈利·波特与"混血王子"

哈利·波特与死亡圣器

哈利·波特与被诅咒的孩子

"哈利·波特"衍生作品

（霍格沃茨图书馆系列）

神奇的魁地奇球

神奇动物在哪里

诗翁彼豆故事集

哈利·波特
魔法一年

〔英〕J.K. 罗琳 ／著
〔英〕吉姆·凯 ／绘
苏农　马爱农　马爱新 ／译

人民文学出版社
PEOPLE'S LITERATURE PUBLISHING HOUSE

著作权合同登记号　图字01—2022—1646

Harry Potter: A Magical Year

First published in Great Britain in 2021 by Bloomsbury Publishing Plc
Extracts from Harry Potter and the Philosopher's Stone © J.K. Rowling 1997
Extracts from Harry Potter and the Chamber of Secrets © J.K. Rowling 1998
Extracts from Harry Potter and the Prisoner of Azkaban © J.K. Rowling 1999
Extracts from Harry Potter and the Goblet of Fire © J.K. Rowling 2000
Extracts from Harry Potter and the Order of the Phoenix © J.K. Rowling 2003
Extracts from Harry Potter and the Half-Blood Prince © J.K. Rowling 2005
Extracts from Harry Potter and the Deathly Hallows © J.K. Rowling 2007
Jim Kay Illustrations © Bloomsbury Publishing Plc 2021. Used under licence. All Rights Reserved.
J.K. Rowling and Jim Kay have asserted their rights under the Copyright, Designs and Patents Act, 1988, to be identified as Author and Illustrator of this work
Wizarding World TM & © Warner Bros. Entertainment Inc.
Wizarding World characters, names and related indicia are TM and © Warner Bros. Entertainment Inc.
Wizarding World Publishing Rights © J.K. Rowling

图书在版编目（CIP）数据

哈利·波特：魔法一年/(英) J.K.罗琳著；(英) 吉姆·凯绘；苏农，马爱农，马爱新译. —北京：人民文学出版社，2022（2022.11重印）
ISBN 978-7-02-016730-2

Ⅰ.①哈… Ⅱ.①J…②吉…③苏…④马…⑤马… Ⅲ.①儿童小说—文学欣赏—英国—现代 Ⅳ.①I561.078

中国版本图书馆CIP数据核字（2022）第047696号

策划编辑	王瑞琴			
责任编辑	翟　灿　朱茗然			
美术编辑	刘　静			
责任印制	宋佳月	字　数	45千字	
		开　本	787毫米×1092毫米　1/16	
出版发行	人民文学出版社	印　张	15	
社　址	北京市朝内大街166号	版　次	2022年5月北京第1版	
邮政编码	100705	印　次	2022年11月第2次印刷	
印　刷	小森印刷（北京）有限公司	书　号	978-7-02-016730-2	
经　销	全国新华书店等	定　价	128.00元	

如有印装质量问题，请与本社图书销售中心调换。电话：010-65233595

致　谢

想来奇怪，二〇一三年一个邀请我绘制插画的电话，竟然会彻底改变我的生活，在天南海北建立起友谊；而连接我们所有人的纽带，是一份对于"哈利·波特"和图书出版的热爱。在此，我想对布鲁姆斯伯里出版社的童书团队表示感谢，是他们在我埋头绘制《凤凰社》的时候，巧妙构思，用"波特宝库"中的一些素材组成了这本书。我尤其要感谢萨拉·古德温、伊莎贝尔·福特、曼迪·阿切尔和丽贝卡·麦克纳利的支持和耐心，在我前进的路上，她们一次又一次把我从困顿和黑暗中解救出来，用仁慈、关怀和幽默忍受我喜怒无常的性格，并且给我空间，让我以自己的方式完成这本具有挑战性的图书。

我还要特别感谢伊恩·兰姆、艾莉森·埃尔德雷德和瓦尔·布莱斯维特，如果没有他们，我的"涂色"事业将无从谈起，必须承认，正是这份事业让我成为了世上最幸运的人之一。

最后，我要感谢罗琳女士，她是创造力的源头活水，激励和推动着我们在她的魔法世界里畅游，让我们的这条船不断地颠簸前行。

谢谢你们，我深爱着你们所有的人。

吉姆·凯

献给那些被疑惑和抑郁情绪困扰的人，你并不是一个人

吉姆·凯

目 录

一月 10
二月 30
三月 48
四月 66
五月 84
六月 104
七月 122
八月 140
九月 158
十月 178
十一月 196
十二月 216
插图索引 234

一 月

  总的来说,他们很高兴新年过后不久同学们就回来了,格兰芬多塔楼又变得拥挤和嘈杂起来。

一月一日

"答应我要照顾好自己……别惹麻烦……"

"我一直是这样的,韦斯莱夫人,"哈利说,"我喜欢安静的生活,你知道。"

《哈利·波特与"混血王子"》
第17章 混沌的记忆

一月二日

椅子又朝后滑去,骑士公共汽车从伯明翰公路跳到了一条幽静的乡间小道上,一路尽是险弯。车子忽左忽右压上路边时,一道道树篱跳着闪开了。他们又开上了一条闹市区的主干道、一座崇山峻岭中的高架桥,然后是高楼间一条冷风飕飕的街道,每次都是**砰**的一声巨响。

"我改主意了,"罗恩第六次从地上爬起来时嘟哝道,"我再也不想坐这玩意儿了。"

《哈利·波特与凤凰社》
第24章 大脑封闭术

一月三日

六个人吃力地拖着箱子,沿着结冰的车道往城堡走去,赫敏说要在睡觉前织出几顶小精灵帽。来到橡木大门前,哈利回头看了一眼,骑士公共汽车已经不见了……

《哈利·波特与凤凰社》
第24章 大脑封闭术

一月四日

哈利望了望走廊窗户外面,太阳已经落到地平线上,场地上的积雪比陋居花园里的还要深。远处可以看到海格在他的小屋前喂巴克比克。

《哈利·波特与"混血王子"》
第17章 混沌的记忆

一月五日

"哦,等等——口令,戒酒。"

"正确。"胖夫人有气无力地说,旋开身体,露出了肖像洞口。

"她怎么了?"哈利问。

"显然是圣诞节玩得太疯了。"赫敏翻了翻眼睛,带头走进了拥挤的公共休息室。

《哈利·波特与"混血王子"》
第17章 混沌的记忆

一月六日

就在这时，他们忽然听见了一声响亮的尖叫："罗——罗！"拉文德不知从哪儿冲了出来，扑进了罗恩怀里。

《哈利·波特与"混血王子"》
第17章 混沌的记忆

一月七日

就在这时，纳威一头跌进了公共休息室。大家都猜不出他是怎么从肖像洞口钻进来的，因为他的两条腿紧紧地粘在一起。哈利他们一眼就看出，这是被施了锁腿咒。

《哈利·波特与魔法石》
第13章 尼可·勒梅

一月八日

"你要补魔药课？"午饭后扎卡赖斯·史密斯把哈利堵在门厅里，傲慢地说，"老天，你一定糟透了，斯内普不经常给人补课的，是不是？"

《哈利·波特与凤凰社》
第24章　大脑封闭术

一月九日

斯内普教授的生日

"由于这里不用傻乎乎地挥动魔杖，所以你们中间有许多人不会相信这是魔法。我并不指望你们能真正领会那文火慢煨的坩埚冒着白烟、飘出阵阵清香的美妙所在，你们不会真正懂得流入人们血管的液体，令人心荡神驰、意志迷离的那种神妙魔力……我可以教会你们怎样提高声望，酿造荣耀，甚至阻止死亡——但必须有一条，那就是你们不是我经常遇到的那种笨蛋傻瓜才行。"

——西弗勒斯·斯内普

《哈利·波特与魔法石》
第8章　魔药课老师

一月十日

"关禁闭,星期六晚上,在我的办公室。"斯内普说,"我不允许任何人对我无礼,波特……即便是救世之星。"

《哈利·波特与"混血王子"》
第9章 混血王子

一月十一日

斯普劳特教授把《预言家日报》靠在番茄酱的瓶子上,专心致志地读着第一版,勺子举在空中,连勺里的蛋黄滴到了腿上都没发觉。

《哈利·波特与凤凰社》
第25章 无奈的甲虫

一月十二日

是特里劳尼教授,她像踩着轮子一样朝他们滑了过来。为了庆祝节日,她穿了一件缀满金属亮片的绿衣服,看上去更像一只闪闪发光的超大号蜻蜓了。

《哈利·波特与阿兹卡班囚徒》
第11章 火弩箭

一月十三日

在这个阴冷潮湿的一月的上午,大家最不愿意的就是在场地上待两个小时,没想到海格为了让他们高兴,弄出了一堆篝火,里面都是火蜥蜴。这节课上得特别有意思,同学们收集柴火树叶,让火不断燃烧,那些喜欢火焰的蜥蜴,在烧得噼啪作响的木柴里蹿来蹿去。

《哈利·波特与阿兹卡班囚徒》
第12章 守护神

一月十四日

"记在你的家庭作业计划簿上!"赫敏建议道,"这样你就不会忘了!"

哈利和罗恩交换了一下眼色,他从书包里掏出计划簿,小心地打开了它。

"不要说以后做,你这个二流货!"本子叱责道。

《哈利·波特与凤凰社》

第24章　大脑封闭术

一月十五日

赫敏满脸是汗,鼻子上沾着灰,面色铁青。她那没做完的解药在斯拉格霍恩身后慢吞吞地冒着泡,其中含有五十二种成分,包括一团她自己的头发。可是斯拉格霍恩眼中只有哈利。

《哈利·波特与"混血王子"》

第18章　生日的意外

一月十六日

哈利知道赫敏的用意是好的,但还是忍不住生她的气。世界上最好的飞天扫帚,他拿到手里才短短几个小时,就因为赫敏横插一杠子,现在还不知道这辈子能不能再见到它。

《哈利·波特与阿兹卡班囚徒》

第12章　守护神

一月十七日

"啊,哈利,这是多么常见的事情,即使在最好的朋友之间!都相信自己要说的比对方的重要得多!"

—— 阿不思·邓布利多

《哈利·波特与"混血王子"》

第17章 混沌的记忆

一月十八日

场地上仍然覆盖着厚厚的积雪,温室的窗户上凝结着细密的水珠,他们上草药课时看不见窗外的情景。

《哈利·波特与火焰杯》
第24章 丽塔·斯基特的独家新闻

一月十九日

"无头帽!"乔治吆喝道,弗雷德对观看的学生挥舞着一顶饰有粉红色羽毛的尖帽子,"两个加隆一顶……诸位请看弗雷德!"

弗雷德笑嘻嘻地把帽子套到头上,一刹那间他显得呆头呆脑,然后帽子和头一起消失了。

《哈利·波特与凤凰社》
第24章 大脑封闭术

一月二十日

"守护神是什么样子?"哈利好奇地问。

"每个守护神都是变它出来的巫师所独有的。"

《哈利·波特与阿兹卡班囚徒》
第12章 守护神

一月二十一日

好多同学排着队走过医院,想看赫敏一眼,庞弗雷女士不得不再次取出布帘子,挂在赫敏的病床周围,不让别人看见她毛茸茸的脸,免得她感到羞愧难当。

哈利和罗恩每天晚上都去看赫敏。新学期开始后,他们把每天的家庭作业带给她。

"如果我的腮帮子上长出胡子,我可就休息休息,不做功课了。"一天晚上,罗恩把一大堆书放在赫敏病床边的桌上,说道。

《哈利·波特与密室》
第13章 绝密日记

一月二十二日

　　当他们经过停泊在湖面上的德姆斯特朗大船时，看见威克多尔·克鲁姆从船舱里走到甲板上，身上只穿着一条游泳裤。他确实瘦极了，但他的身体比看上去要强健得多，只见他敏捷地爬到船舷上，伸开双臂，扑通一声钻进了水里。

《哈利·波特与火焰杯》
第24章　丽塔·斯基特的独家新闻

一月二十三日

　　哈利深深吸了口气，钻到了水下——现在，他坐在泡泡浴水底的大理石上，听见手上被打开的金蛋里有一些古怪的声音在齐声合唱……

《哈利·波特与火焰杯》
第25章　金蛋和魔眼

一月二十四

　　桃金娘一下子使自己膨胀起来，尖声叫道："让大家都用书砸桃金娘吧，因为她根本感觉不到！如果你们用书投中她的肚子，得十分！如果投中她的脑袋，得五十分！很好，哈哈，哈哈！多么好玩的游戏，可我不这么认为！"

《哈利·波特与密室》
第13章　绝密日记

一月二十五

伍德对队员的要求比以往任何时候都严格。即使在大雪过后连绵不断的阴雨天里,他的热情也没有半点冷却。韦斯莱孪生兄弟抱怨说伍德正在变成一个训练狂,但哈利却站在伍德一边。如果他们赢得下一场对赫奇帕奇的比赛,就能在学院杯冠军赛中战胜斯莱特林队了,这可是七年以来的第一次啊。

《哈利·波特与魔法石》
第13章 尼可·勒梅

一月二十六

洛哈特教授的生日

"来来,把它们赶拢,把它们赶拢,它们不过是一些小精灵……"洛哈特喊道。

他卷起衣袖,挥舞着魔杖吼道:"佩斯奇皮克西 佩斯特诺米!"

全然无效,一个小精灵抓住洛哈特的魔杖,把它也扔出了窗外。

《哈利·波特与密室》
第6章 吉德罗·洛哈特

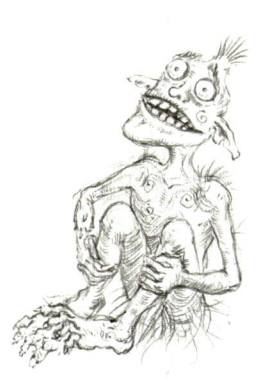

一月二十七

"说出来你会感到吃惊的,"罗恩说,恐惧地看着那本书,"我爸告诉我,在被魔法部没收的一些书当中,有一本会把你的眼睛烧瞎。凡是读过《巫师的十四行诗》这本书的人,一辈子都只能用五行打油诗说话。巴斯的一位老巫师有一本书,你一看就永远也放不下来!"

《哈利·波特与密室》
第13章 绝密日记

一月二十八日

"真相,"邓布利多叹息着说,"这是一种美丽而可怕的东西,需要格外谨慎地对待。不过,我会尽量回答你的问题,除非我有充分的理由守口如瓶,那样的话,我希望你能原谅我。我当然不能说谎话骗你。"

《哈利·波特与魔法石》
第17章 双面人

一月二十九日

"你认为我们爱过的人会真正离开我们吗？你不认为在困难的时候，我们会更清晰地想起他们吗？"

——阿不思·邓布利多

《哈利·波特与阿兹卡班囚徒》

第22章 又见猫头鹰传书

莉莉·波特的生日

"你母亲是为了救你而死的。如果伏地魔有什么事情弄不明白，那就是爱。他没有意识到，像你母亲对你那样深深的爱，是会在你身上留下印记的。不是伤疤，不是看得见的痕迹……被一个人这样深深地爱过，尽管那个爱我们的人已经死了，也会给我们留下一个永远的护身符。它就藏在你的皮肤里。"

——阿不思·邓布利多

《哈利·波特与魔法石》

第17章 双面人

一月三十一日

邓布利多办公室的灯亮着，历任校长的肖像在相框里轻轻打着鼾，冥想盆又摆在了桌上。

《哈利·波特与"混血王子"》

第17章 混沌的记忆

二 月

　　进入二月，学校周围的积雪融化了，取而代之的是凄冷的阴湿。

二月一日

"哦,真是太漂亮了!"拉文德·布朗轻声说,"她怎么弄到它的? 据说独角兽很难捕获呢!"

这头独角兽白得耀眼,相比之下,周围的白雪都显得有些灰暗了。它不安地用金色的蹄子刨着泥土,扬起带角的脑袋。

《哈利·波特与火焰杯》
第24章　丽塔·斯基特的独家新闻

二月二日

"给你。"哈利说,把火弩箭递给了罗恩。

罗恩脸上带着狂喜的表情,骑上扫帚,嗖地蹿入逐渐昏暗的天空。哈利绕着球场边缘行走,注视着他。

《哈利·波特与阿兹卡班囚徒》
第13章　格兰芬多对拉文克劳

二月三日

"你们大家肯定都知道,霍格沃茨学校是一千多年前创办的 —— 具体日期不太确定 —— 创办者是当时最伟大的四个巫师。"

—— 宾斯教授

《哈利·波特与密室》
第9章 墙上的字

二月四日

他飞奔到独眼女巫跟前,打开她的驼背钻了进去,出溜到石头滑道的底部,捡到了他的书包。然后他消掉活点地图上的字迹,撒腿跑了起来。

《哈利·波特与阿兹卡班囚徒》
第14章 斯内普怀恨在心

二月五日

"它们是用电的,是吗?"他很有学问地说,"啊,对,我看见插头了。我收集插头,"他又对弗农姨父说,"还有电池,收集了很多很多电池。我太太以为我疯了,可是你瞧,我说对了吧。"

《哈利·波特与火焰杯》
第4章 回到陋居

二月六日

亚瑟·韦斯莱的生日

"你儿子昨晚开着那辆车,飞到哈利家把他接了过来!"韦斯莱夫人嚷道,"你有什么话说,嗯?"

"真的吗?"韦斯莱先生忙问,"它飞得好吗? 我 — 我是说,"看到韦斯莱夫人眼里射出的怒火,他连忙改口,"这是很不对的,孩子们,非常非常不对……"

《哈利·波特与密室》
第3章 陋居

二月七日

"永远不要相信任何能够独立思考的东西,除非你看清了它把头脑藏在什么地方。"

—— 亚瑟·韦斯莱

《哈利·波特与密室》
第18章 多比的报偿

二月八日

"据报告,在贝斯纳绿地发生了第三例公共厕所污水回涌事件,请火速前去调查。这可真是见鬼了……"

"厕所污水回涌?"

"反麻瓜的恶作剧分子干的,"韦斯莱先生皱着眉头说,"上个星期就有过两次,一次是在温布尔顿,另一次是在象堡。麻瓜一冲厕所,脏东西不仅没消失 —— 哎,你自己想象一下吧。"

《哈利·波特与凤凰社》
第7章 魔法部

二月九日

"他们想利用黑魔法和牙龈病从内部搞垮魔法部。"

—— 卢娜·洛夫古德

《哈利·波特与"混血王子"》
第15章 牢不可破的誓言

二月十日

"被骚扰虻缠住了?"卢娜同情地问,一边从那副彩色的大眼镜后面看着哈利。

《哈利·波特与"混血王子"》
第7章 鼻涕虫俱乐部

二月十一日

"他们为什么要把你的东西藏起来呢?"他皱着眉头问卢娜。

"哦……怎么说呢……"卢娜耸了耸肩,"我猜他们觉得我有点古怪。实际上,有人管我叫'疯姑娘'洛夫古德。"

《哈利·波特与凤凰社》
第38章 第二场战争开始了

二月十二日

"爸爸,看——一只地精居然咬了我!"

"太棒了! 地精的唾液特别有用!"洛夫古德先生说着,抓住卢娜伸出的手指,仔细打量那个出血点,"卢娜,我亲爱的,如果你今天觉得有什么才华冒头——也许是一种突如其来的冲动,想唱歌剧,想用人鱼的语言朗诵——千万不要抑制它! 那可能是工兵精赠予你的才华!"

《哈利·波特与死亡圣器》
第8章 婚礼

二月十三日

卢娜·洛夫古德的生日

"你并没有变疯什么的。我也能看见它们。"

"真的吗?"哈利迫切地问,转脸看着卢娜。他可以看见卢娜那双银白色的大眼睛里映出了那些长着蝙蝠翅膀的马。

"哦,是啊,"卢娜说,"我从第一天来这里就能看见它们。它们一直在拉马车。放心吧,你的头脑和我的一样清醒。"

《哈利·波特与凤凰社》
第10章 卢娜·洛夫古德

二月十四日

情人节

哈利完全慌了神，只想赶紧逃脱，可是小矮人一把抱住他的两个膝盖，使他重重地摔倒在地。

"好了，"小矮人说，一屁股坐在哈利的脚踝上，"这就是你的带歌声的情人节贺礼：

他的眼睛绿得像新腌的蛤蟆，
他的头发像黑板一样乌黑潇洒，
我希望他属于我，他真的很帅气，
他就是那个征服黑魔头的勇士。"

《哈利·波特与密室》
第13章 绝密日记

二月十五日

"你应该写本书,"罗恩一边切土豆一边说,"解释女孩子的奇怪行为,让男孩子能搞懂她们。"

《哈利·波特与凤凰社》
第26章 梦境内外

二月十六日

"卡多根爵士,你刚才有没有放一个男人进入格兰芬多塔楼?"

"当然有啊,尊贵的女士!"卡多根爵士大声说。

公共休息室内外一片惊愕的沉默。

"你——你真的这么做了?"麦格教授说,"可是——可是口令呢?"

"他有口令!"卡多根爵士骄傲地说,"有一星期的口令呢,我的女士!照着一张小纸条念的!"

《哈利·波特与阿兹卡班囚徒》
第13章 格兰芬多对拉文克劳

二月十七日

"哦,它里面可能藏着魔法呢。"赫敏兴奋地说,接过日记,仔细地看着。

"如果真是这样,倒隐藏得很巧妙。"罗恩说,"也许是不好意思见人吧。我不明白为什么你不把它扔掉,哈利。"

《哈利·波特与密室》

第13章　绝密日记

二月十八日

日记本仿佛被一股大风吹着,纸页哗啦啦地翻过,停在六月中旬的某一页。哈利目瞪口呆地看着六月十三日的那个小方块似乎变成了一个微型电视屏幕。他双手微微颤抖着,把本子举起来,让眼睛贴近那个小窗口;没等他反应过来是怎么回事,他就向前倾倒过去;窗口在变大,他觉得自己的身体离开了床铺,头朝前跌进了那一页的豁口,进入了一片飞舞旋转的色彩与光影之中。

《哈利·波特与密室》

第13章　绝密日记

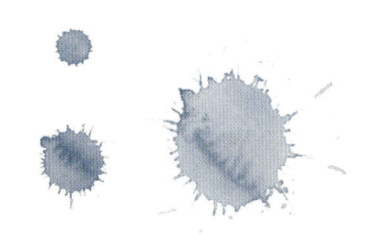

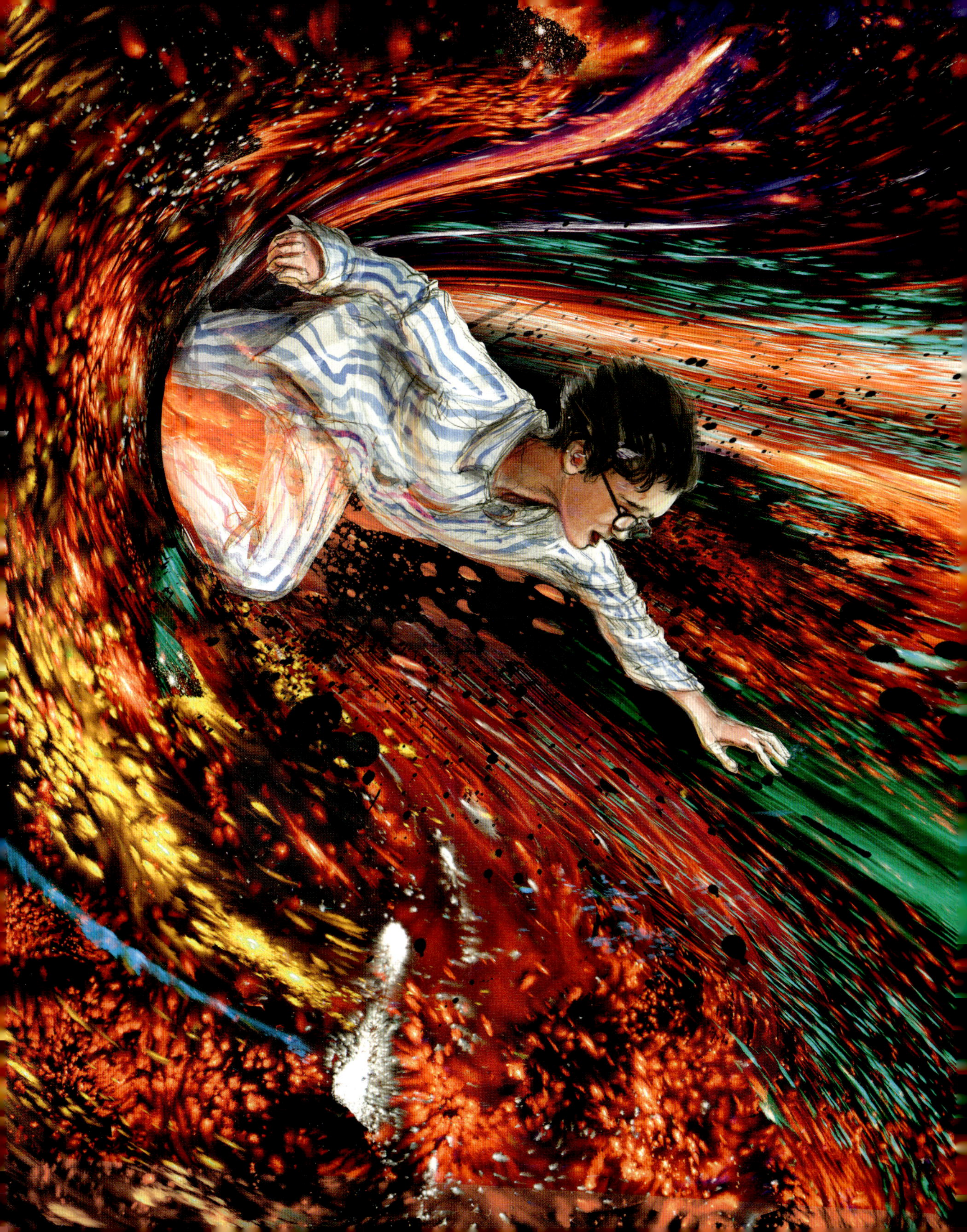

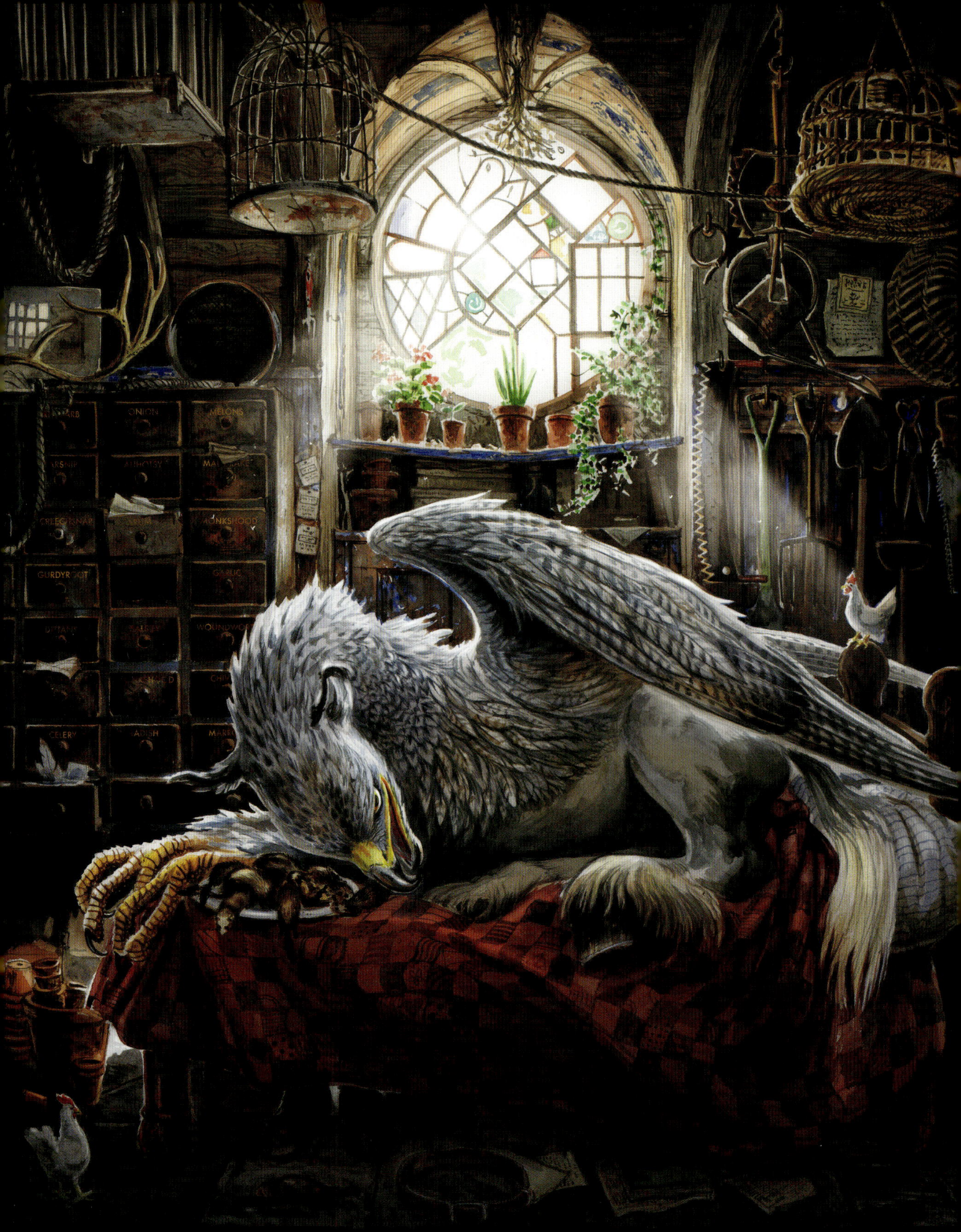

ONION
MELONS
GURDYROOT
GARLIC
CELERY

二月十九日

"啊，是啊，人们对于宠物会有点犯糊涂。"海格机智地说。

《哈利·波特与阿兹卡班囚徒》
第14章　斯内普怀恨在心

二月二十日

　　进了海格的小屋，一眼就看见巴克比克舒展着四肢倚在海格的拼花被子上，巨大的翅膀收拢在体侧，正在享用一大盘死白鼬。哈利把目光从这令人不舒服的一幕移开，看到一件特大号的、毛乎乎的棕色外套和一条黄橙相间、丑陋不堪的领带，挂在海格衣柜的门上。

《哈利·波特与阿兹卡班囚徒》
第14章　斯内普怀恨在心

二月二十一日

　　海格给他们倒了茶，又端出一盘巴斯圆面包，但他们不敢接受 —— 他们已经多次领教过海格的厨艺了。

《哈利·波特与阿兹卡班囚徒》
第14章　斯内普怀恨在心

二月二十二日

　　那个大湖,哈利以前总拿它不当回事,把它看成是场地的一部分。现在每当他靠近教室的窗户,大湖就会吸引住他的视线,那一大片铁灰色的阴冷的湖面,它那黢黑而寒冷的水底像月亮一样遥不可及。

《哈利·波特与火焰杯》
第26章　第二个项目

二月二十三日

哈利抱着一大堆书，跟跟跄跄地回到格兰芬多公共休息室，走到墙角的一张桌子旁，又开始继续搜寻。《怪男巫的疯狂魔法》里什么也没有……《中世纪巫术指南》里什么也没有……在《十八世纪魔咒选》《地底深处的可怕动物》《你不知道自己所拥有的能力，以及你一旦明白后怎样运用它们》里，也没有一个字提到水下生存的办法。

《哈利·波特与火焰杯》
第26章　第二个项目

二月二十四日
三强争霸赛第二个项目比赛日

"你必须把这个吃下去，先生！"小精灵尖声说着，把手伸进短裤口袋，掏出一团东西，像是无数根滑溜溜的灰绿色老鼠尾巴，"就在你下水前吃，先生——鳃囊草！"

"做什么用的？"哈利盯着鳃囊草，问道。

"它可以使哈利·波特在水下呼吸，先生！"

《哈利·波特与火焰杯》
第26章　第二个项目

二月二十五日

他们默默地走向穆迪办公室的门口，然后穆迪停住脚步，抬头望着哈利。"你有没有想过以后当一名傲罗，波特？"

《哈利·波特与火焰杯》
第25章　金蛋和魔眼

二月二十六日

"谢谢,"泰克罗斯说,"现在……"

他一挥魔杖。每个学生面前的地上立刻出现了一个老式的木圈。

"幻影显形时最重要的是记住三个D!"泰克罗斯说,"即目标,决心,从容!"

《哈利·波特与"混血王子"》
第18章 生日的意外

二月二十七日

学校的猫头鹰像往常一样呼啦啦飞进礼堂,带来了邮件。纳威看到一只巨大的谷仓猫头鹰落在他面前,嘴里叼着一个大红信封,他惊得噎住了。哈利和罗恩坐在他对面,一下子认出那是一封吼叫信——罗恩的妈妈去年给罗恩寄过一封。

"快跑,纳威。"罗恩提醒道。

《哈利·波特与阿兹卡班囚徒》
第14章 斯内普怀恨在心

二月二十八日

　　左边稍远一点的地方，厄尼正铆足劲儿盯着他的木圈，脸都涨红了，仿佛正努力下一个鬼飞球大小的蛋。

《哈利·波特与"混血王子"》
第18章　生日的意外

二月二十九日

　　"我很遗憾地说，亲爱的，从你第一次踏进这个课堂，就显然不具备高贵的占卜学所需要的天赋。实际上，我不记得我见过哪个学生的脑子如此平庸、无可救药。"

　　全班鸦雀无声，然后——

　　"好！"赫敏突然说道，起身把《拨开迷雾看未来》塞进书包。"好！"她又说了一遍，把书包甩到肩上，差点把罗恩从椅子上撞倒，"我放弃！我走！"

《哈利·波特与阿兹卡班囚徒》
第15章　魁地奇决赛

HERBOLOGY
EXAMS
This Way →

三 月

　　三月里，几株曼德拉草在第三温室开了一个热热闹闹、吵吵嚷嚷的舞会，斯普劳特教授感到非常高兴。

三月一日

罗恩·韦斯莱的生日

"你要是有五个哥哥,你就永远用不上新东西。我穿比尔的旧长袍,用查理的旧魔杖,还有珀西扔了不要的老鼠。"

—— 罗恩·韦斯莱

《哈利·波特与魔法石》
第6章 从$9\frac{3}{4}$站台开始的旅程

三月二日

"你的韦崽,先生,你的韦崽 —— 就是把自己的毛衣送给多比的那个韦崽!"
多比拉了拉他穿在短裤上面的那件缩小了的暗紫红色毛衣。
"什么?"哈利喘着气说,"他们抓走了……他们抓走了罗恩?"
"那是哈利·波特最舍不得的东西,先生!"

《哈利·波特与火焰杯》
第26章 第二个项目

三月三日

"一个人不能同时有那么多感情，会爆炸的。"

—— 罗恩·韦斯莱

《哈利·波特与凤凰社》
第21章 蛇眼

三月四日

"它向我飘了过来，"罗恩用食指演示着说，"一直飘到我胸口，然后 —— 它就进去了。在这儿，"他指着心脏附近的一点，"我能感觉到它，热乎乎的。它一进入我体内，我就知道该做什么了，它会带我去我必须去的地方。"

《哈利·波特与死亡圣器》
第19章 银色的牝鹿

三月五日

房间里的一切都被一种朦朦胧胧的红光照着，窗帘拉得紧紧的，许多盏灯上都蒙着深红色的大围巾。这里热得让人透不过气来，在摆放得满满当当的壁炉台下面，火熊熊地烧着，上面放着一把很大的铜茶壶，散发出一股浓烈的、让人恶心的香味。

《哈利·波特与阿兹卡班囚徒》
第6章 鹰爪和茶叶

三月六日

"终于在物质世界见到你们，真是太好了。"

—— 西比尔·特里劳尼

《哈利·波特与阿兹卡班囚徒》
第6章 鹰爪和茶叶

三月七日

"我刚才在看水晶球，校长。"特里劳尼教授用她最虚无缥缈的声音说道，"令我吃惊的是，我看到自己抛下了孤独的午宴，来加入你们的欢宴。我怎能拒绝命运的昭示呢？"

《哈利·波特与阿兹卡班囚徒》
第11章 火弩箭

三月八日

"怎么样,"罗恩说——脑袋上的头发都竖了起来,因为他一直在苦恼地挠头,"我们还是采用占卜课的保留节目吧。"

"你是说——胡编乱造?"

《哈利·波特与火焰杯》
第14章 不可饶恕咒

三月九日

特里劳尼教授的生日

"您——您刚才对我说那——那黑魔头要卷土重来……他的仆人要回到他的身边……"

特里劳尼教授显得大为震惊。

"黑魔头?那个连名字都不能提的人?我亲爱的孩子,那可不是开玩笑的……卷土重来,天哪——"

《哈利·波特与阿兹卡班囚徒》
第16章 特里劳尼教授的预言

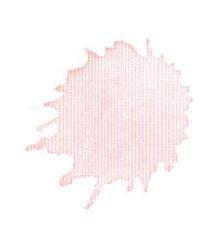

三月十日

卢平教授的生日

啪的一声,哈利那只模糊不清的守护神随着摄魂怪一起消失了。他跌坐在椅子上,感到精疲力竭,就好像刚跑了一英里似的,双腿不住地发抖。他眼角瞥见卢平教授用魔杖把博格特驱赶进了货箱里。博格特已经又变成了银色的圆球。

《哈利·波特与阿兹卡班囚徒》
第12章 守护神

三月十一日

卢平教授扬起眉毛。

"我本来还希望纳威帮我完成第一步教学呢,"他说,"我相信他会表现得非常出色的。"

《哈利·波特与阿兹卡班囚徒》
第7章 衣柜里的博格特

三月十二日

"斯内普教授好意为我熬制了一种药剂。"他说,"我对制药不大在行,而这种药又特别复杂。"他端起酒杯,闻了闻,"真可惜,加了糖就不管用了。"说完,他啜了一口,打了个哆嗦。

《哈利·波特与阿兹卡班囚徒》
第8章 胖夫人逃跑

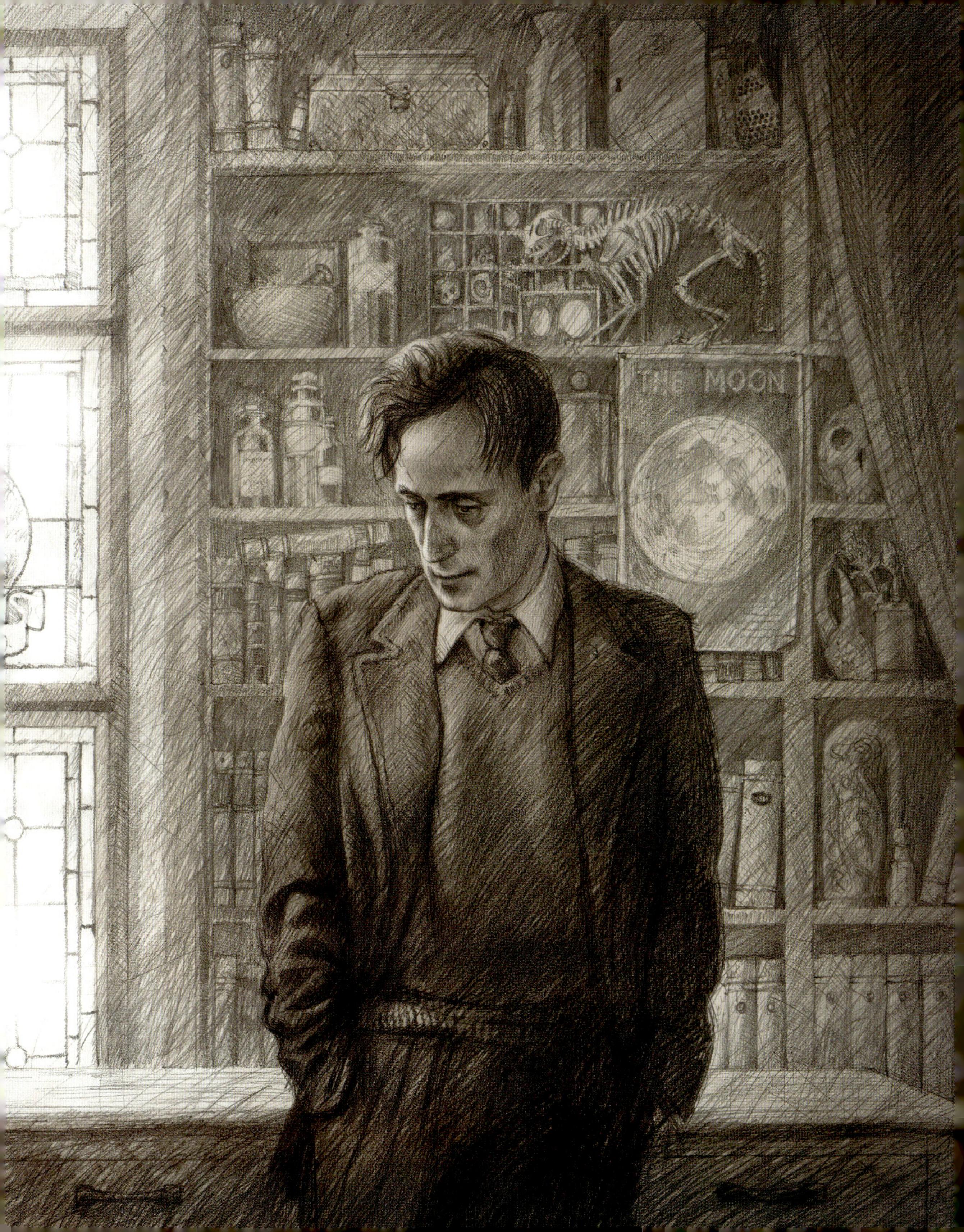
THE MOON

三月十三日

猫头鹰们不能及时把信送来,因为狂风总是把它们吹得偏离目标。哈利之前派出一只棕褐色猫头鹰去给小天狼星送信,把周末去霍格莫德村的日期告诉了他。那只猫头鹰在星期五的早饭时间出现了,身上一半的羽毛都被风吹得东倒西歪……

《哈利·波特与火焰杯》
第27章 大脚板回来了

三月十四日

雪白的猫头鹰敲了敲它的喙,呼扇着翅膀飞到哈利手臂上。

"你这只猫头鹰可真聪明,"汤姆轻声笑着说,"你刚来五分钟它就到了。波特先生,如果你有什么需要请尽管提。"

《哈利·波特与阿兹卡班囚徒》
第3章 骑士公共汽车

三月十五日

小猪个头太小了,没法独自驮着一整块火腿到山里,哈利就又选了两只学校的长耳猫头鹰来帮忙。

《哈利·波特与火焰杯》
第28章 克劳奇先生疯了

三月十六日

他皱皱眉,伸手去取信,可是又有三只、四只、五只猫头鹰拍着翅膀落到他旁边,挤来挤去,踩着了黄油,碰翻了盐罐,都想第一个把信给他。

"怎么回事?"罗恩惊奇地问,又有七只猫头鹰落在第一批中间。它们尖叫着,拍着翅膀,整个格兰芬多桌子上的人都伸着头朝这里看。

《哈利·波特与凤凰社》
第26章 梦境内外

三月十七日

是恶作剧精灵皮皮鬼,他在众人头顶上跳来跳去,看到这不幸和烦恼的场面,他像平常一样欢天喜地。

《哈利·波特与阿兹卡班囚徒》
第8章 胖夫人逃跑

三月十八日

"我没做什么!"皮皮鬼咯咯地笑着,又把一个水炸弹朝几个五年级女生扔去——女生们吓得尖叫着冲进礼堂,"反正她们身上已经湿了,对吧?喂,小毛孩!吃我一炮!"他又拿起一个水炸弹,瞄准了刚刚进来的一群二年级学生。

《哈利·波特与火焰杯》
第12章 三强争霸赛

三月十九日

哈利用魔杖朝皮皮鬼一指,"锁舌封喉!"皮皮鬼抓着喉咙,噎住了,从窗口飞了出去,一边做着下流的手势,但说不出话来,因为他的舌头跟上腭粘到了一起。

"漂亮。"罗恩欣赏地说。

《哈利·波特与"混血王子"》
第19章 小精灵尾巴

三月二十日

当老师们弯腰查看贾斯廷和差点没头的尼克时,皮皮鬼突然唱了起来:

哦,波特,你这个讨厌鬼,看你做的好事,
你把学生弄死了,自己觉得怪有趣——

《哈利·波特与密室》
第11章 决斗俱乐部

三月二十一日

"赫敏,我叫你别想这件事了,你怎么就是不听呢?"罗恩说。

"就不听!"赫敏固执地说,"我想知道她怎么能听见我跟威克多尔的谈话!还有她怎么会打听到海格母亲的事!"

"也许她在你身上装了窃听器。"哈利说。

"装窃听器?"罗恩不解地说,"什么东西……是把臭虫放在了她身上吗?"

《哈利·波特与火焰杯》
第28章 克劳奇先生疯了

三月二十二日

丽塔没有马上答腔,而是偏着头精明地打量着赫敏。

"好吧,假设我同意写,"她突然说,"给我多少稿酬?"

"我想爸爸不会花钱请人写文章,"卢娜做梦似的说,"他们写是因为觉得光荣,当然,也是为了看到自己的名字上报纸。"

《哈利·波特与凤凰社》
第25章 无奈的甲虫

三月二十三日

"我们开始吧。"费伦泽说。他甩了甩长长的银色尾巴,扬起一只手,指向头顶华盖似的茂密树叶,接着又把手缓缓地垂下来。随着他的动作,屋里的光线变得暗淡,现在他们就像坐在黄昏时分的林间空地中,星星呈现在天花板上。有人发出了嘶的赞叹声,还有人倒抽了一口气,罗恩则出声地叫了起来:"天哪!"

"躺在地板上,"费伦泽平静地说,"然后观察天空。对于能读懂星相的人来说,那里已经描绘出了我们各个种族的命运。"

《哈利·波特与凤凰社》
第27章 马人和告密生

三月二十四日

　　曲折的小路把他们带到了霍格莫德村周围荒野的田间。这里只有很少几座小木屋，但它们附带的园地却很大。他们朝山脚走去，霍格莫德村就坐落在这座大山的阴影里。随后，他们拐过一个弯，看见小路尽头有一道栅栏。在那里等着他们的是一条邋里邋遢的大黑狗，前爪搭在最高的那根栅栏上，嘴里叼着几张报纸，这条狗看上去很眼熟……

　　"你好，小天狼星。"他们走过去时，哈利说道。

《哈利·波特与火焰杯》
第27章　大脚板回来了

三月二十五日

　　"可怜的'伤风'，"罗恩深深地吸着气说，"他一定非常爱你，哈利……想象一下吧，靠吃老鼠过日子。"

《哈利·波特与火焰杯》
第27章　大脚板回来了

三月二十六日

　　"'大难不死的男孩'仍然象征着我们为之奋斗的一切：正义的胜利，纯洁的力量，以及继续抵抗的必要性。"

—— 莱姆斯·卢平

《哈利·波特与死亡圣器》
第22章　死亡圣器

三月二十七日

詹姆·波特的生日

"你父亲活在你的心里,哈利,在你需要他的时候他就会格外清晰地显现出来。"

—— 阿不思·邓布利多

《哈利·波特与阿兹卡班囚徒》
第22章 又见猫头鹰传书

三月二十八日

"对不起,"他小声说,"我没想冒犯你。"

"冒犯多比!"小精灵哽咽地说,"从来没有一位巫师让多比坐下——像对待平等的人那样——"

《哈利·波特与密室》
第2章 多比的警告

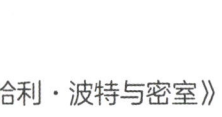

三月二十九日

他们走进风雅牌巫师服装店,给多比买礼物。他们把能够找到的最鲜艳、最夸张的袜子都挑选出来,有一双上面是闪耀的金星银星,还有一双一旦太臭就会大声尖叫。

《哈利·波特与火焰杯》
第27章 大脚板回来了

三月三十日

"不许克利切在多比面前侮辱哈利·波特,不许!不然多比就帮克利切闭上嘴巴!"多比尖叫道。

《哈利·波特与"混血王子"》
第19章 小精灵尾巴

三月三十一日

"多比没有主人!"小精灵尖声说道,"多比是一个自由的小精灵,多比是来营救哈利·波特和他的朋友们的!"

《哈利·波特与死亡圣器》
第23章 马尔福庄园

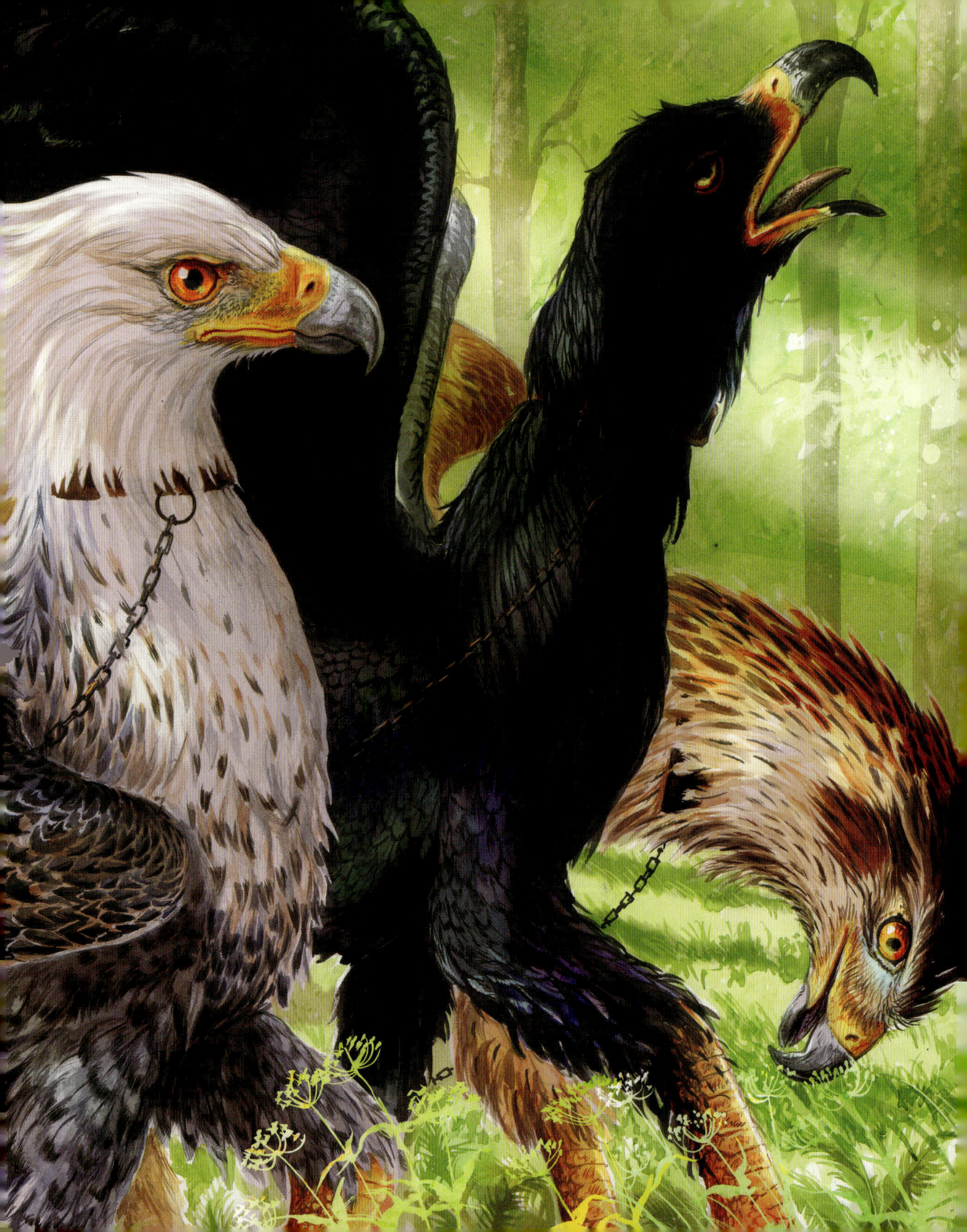

四 月

　　复活节的假日一天天过去了，天气越来越晴朗、温暖，和风习习，可是哈利和其他五年级、七年级的同学一起困在屋里，复习功课……

四月一日

弗雷德和乔治·韦斯莱的生日

"跟弗雷德和乔治一起长大有一个好处，"金妮若有所思地说，"就是你会认为，只要有胆量就没有办不成的事。"

《哈利·波特与凤凰社》
第29章　就业指导

四月二日

"'E'代表'超出预期'。我总是觉得，弗雷德和我每门功课都应该得到'E'，因为我们来参加考试就是超出预期了。"

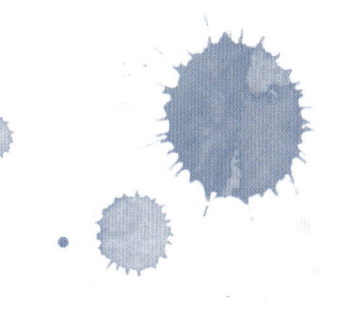

—— 乔治·韦斯莱

《哈利·波特与凤凰社》
第15章　霍格沃茨的高级调查官

四月三日

"皮皮鬼,替我们教训她。"

哈利从没见过皮皮鬼听从哪个学生的吩咐,此刻皮皮鬼却快速脱下头上的钟形帽子,敏捷地向弗雷德和乔治行了个礼。孪生兄弟在下面同学们暴风雨般的喝彩声中,飞出敞开的大门,融入了辉煌夺目的夕阳之中。

《哈利·波特与凤凰社》
第29章 就业指导

四月四日

"据我所知,你的朋友弗雷德和乔治·韦斯莱本来还想送给你一只马桶圈。他们无疑是想跟你逗个乐子,可是庞弗雷女士觉得不太卫生,就把它没收了。"

——阿不思·邓布利多

《哈利·波特与魔法石》
第17章 双面人

四月五日

"巨怪的语言谁都会讲,"弗雷德不以为然地说,"你只要指着它,发出呼噜呼噜的声音就行了。"

《哈利·波特与火焰杯》
第7章 巴格曼和克劳奇

四月六日

外面静悄悄的，没有一丝微风拂过禁林的树梢，打人柳一动不动，一副很无辜的样子。看来比赛的天气会很理想。

《哈利·波特与阿兹卡班囚徒》
第15章　魁地奇决赛

四月七日

"骑上扫帚……听我的哨声……三——二——一——"

—— 霍琦女士

《哈利·波特与阿兹卡班囚徒》
第13章　格兰芬多对拉文克劳

四月八日

在空中，斯内普刚刚在飞天扫帚上转过身，就看见一个深红色的身影嗖地从他耳边飞过，离他只差几寸——紧接着，哈利停止了俯冲。他胜利地举起手臂，飞贼被他紧紧地抓在手里。

看台上沸腾了；这将是一个新的纪录，谁都不记得在哪次比赛中飞贼这么快就被抓住了。

《哈利·波特与魔法石》
第13章　尼可·勒梅

四月九日

"赫奇帕奇的史密斯拿到了鬼飞球,"一个梦幻般的声音在球场上空回响,"当然,上次是他做的解说。金妮·韦斯莱撞到了他,我想可能是故意的 —— 看上去很像。史密斯上次对格兰芬多出言不逊。我想他现在后悔了 —— 哦,快看,他丢掉了鬼飞球,金妮抢了过去,我喜欢她,她人很好……"

《哈利·波特与"混血王子"》
第19章 小精灵尾巴

四月十日

"是妈妈寄来的复活节彩蛋,"金妮说,"有一个是给你的……拿着。"

她递给哈利一个漂亮的巧克力蛋,上面装饰着一些糖霜做的小小的金飞贼,根据包装上的说明,里面还装着一袋滋滋蜜蜂糖。

《哈利·波特与凤凰社》
第29章 就业指导

四月十一日

"嘿,今晚我们为什么不休息一下呢?"赫敏欢快地说,这时候一枚拖着银色尾巴的韦斯莱火箭飞快地从窗户外掠过,"毕竟星期五就要开始复活节假期了,我们到时候有足够的时间。"

"你没生病吧?"罗恩怀疑地盯着她问道。

《哈利·波特与凤凰社》
第28章 斯内普最痛苦的记忆

四月十二日

弗雷德和乔治·韦斯莱消失了几个小时,回来的时候怀里抱着一大堆黄油啤酒、南瓜汽水和满满几大袋蜂蜜公爵的糖果。

《哈利·波特与阿兹卡班囚徒》
第13章 格兰芬多对拉文克劳

四月十三日

平斯女士朝他们俩扑了过来,一张皱巴巴的脸气得都扭曲了。

"在图书馆里吃巧克力!"她嚷道,"出去 —— 出去 ——**出去**!"

她嗖地抽出魔杖,让哈利的课本、书包和墨水瓶一下下地砸着他和金妮的脑袋,把他们赶出了图书馆。

《哈利·波特与凤凰社》
第29章 就业指导

四月十四日

这是复活节假日的第一天,赫敏按照惯例,花了大半天时间给他们三人画了复习时间表。哈利和罗恩随她去画,这比跟她争论省事得多,而且,说不定那些时间表会派上用场呢。

《哈利·波特与凤凰社》
第29章 就业指导

四月十五日

"差点没头？你怎么会差点没头呢？"

尼古拉斯爵士显得很生气，看来他不想谈这个话题。

"就像这样。"他不耐烦地说。他抓住左耳朵往下拽。他的头摇摇晃晃从脖子上滑了下来，掉到肩上，仿佛头是用铰链连接的。

《哈利·波特与魔法石》
第7章　分院帽

四月十六日

"哈利！我亲爱的孩子！"

尼克用双手攥住哈利的两只手，哈利立刻觉得双手像是插进了冰水里。

《哈利·波特与死亡圣器》
第31章　霍格沃茨的战斗

四月十七日

"我对死亡的奥秘一无所知，哈利，因为我选择了似是而非地模仿生命。我相信神秘事务司里的有学之士正在研究这件事——"

——差点没头的尼克

《哈利·波特与凤凰社》
第38章　第二场战争开始了

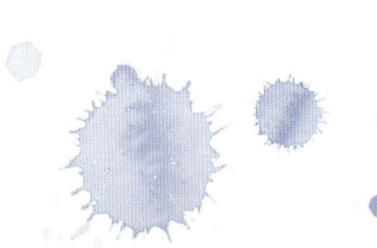

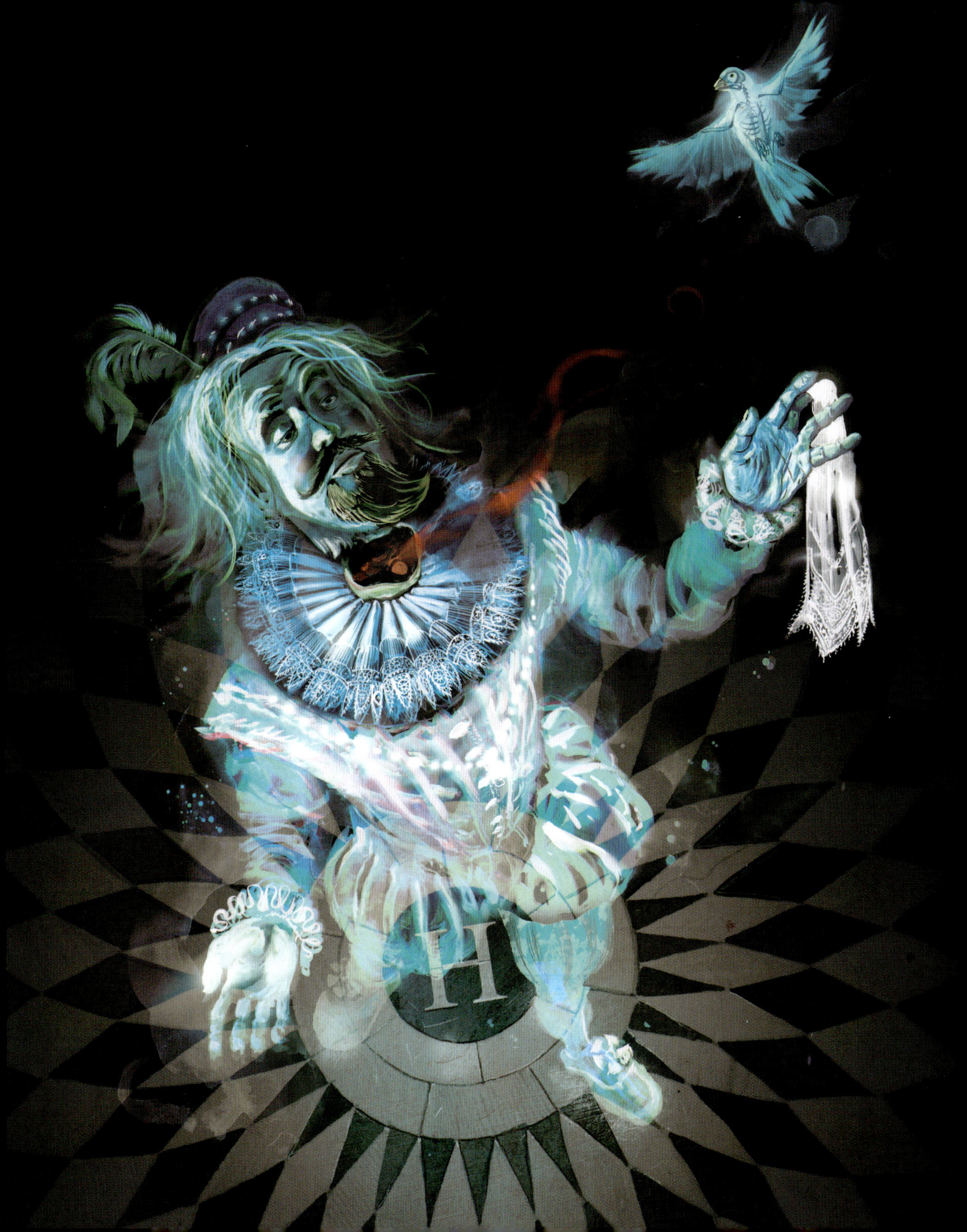
H

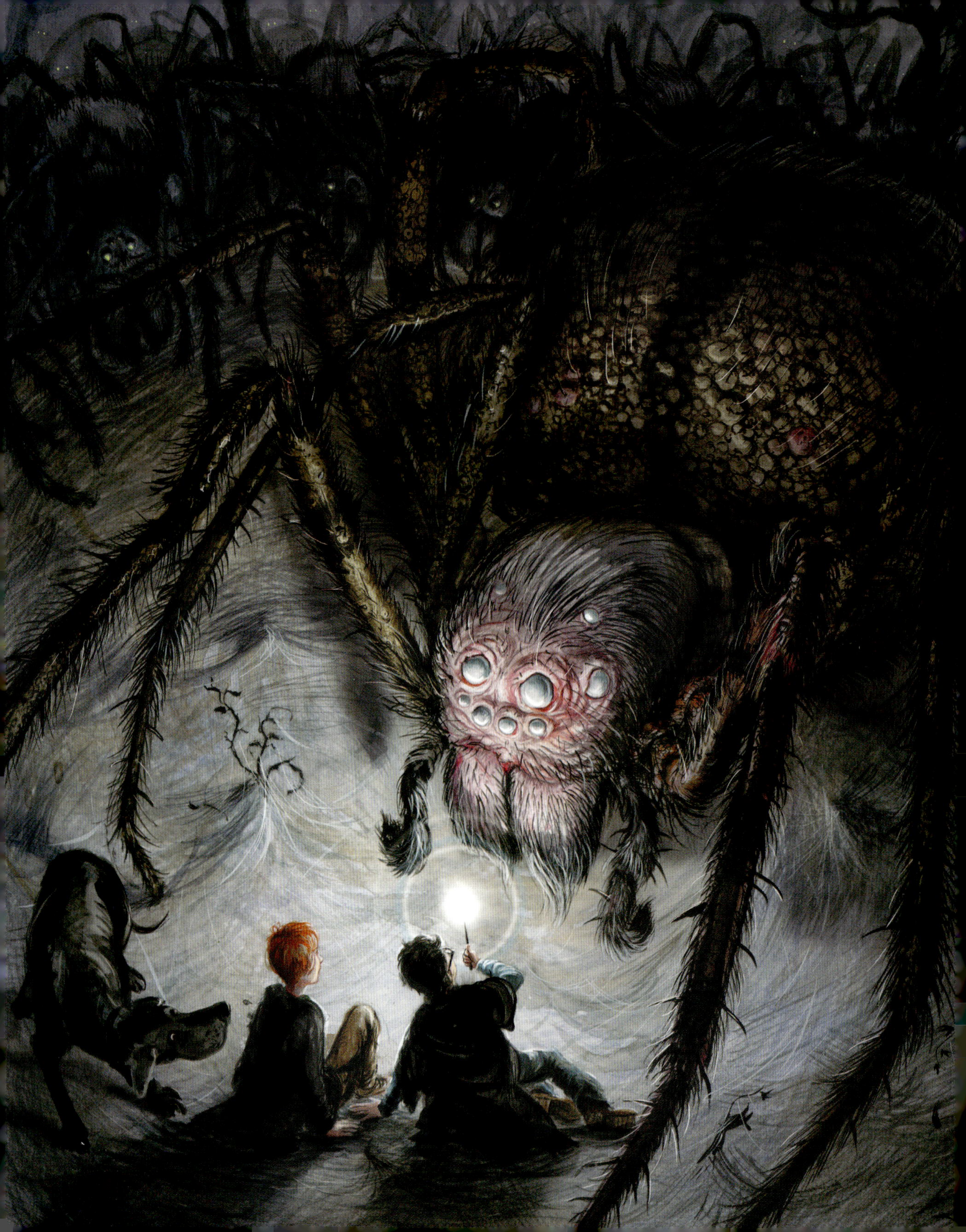

四月十八日

哈利拿出魔杖,喃喃地说:"荧光闪烁!"于是魔杖头上放出一束细光,刚好够他们观察路上有没有蜘蛛的影子。

《哈利·波特与密室》
第15章 阿拉戈克

四月十九日

"我把他从一个卵养大的,"海格悲伤地说,"刚孵出来时多小啊,才哈巴狗那么大。"

《哈利·波特与"混血王子"》
第22章 葬礼之后

四月二十日

阿拉戈克的忌日

"……一杯给我。好,"他高高举起杯子,"为了阿拉戈克。"

"阿拉戈克。"哈利和海格一起说。

《哈利·波特与"混血王子"》
第22章 葬礼之后

四月二十一日

哈利注意到他朝壁炉那儿扫了一眼。哈利便也扭头看着炉火。

"海格 —— 那是什么?"

其实他已经知道了。在炉火的正中央,在水壶的下面,卧着一只黑乎乎的大蛋。

《哈利·波特与魔法石》
第14章 挪威脊背龙 —— 诺伯

四月二十二日

突然，随着一阵刺耳的擦刮声，蛋裂开了。小火龙在桌上摇摇摆摆地扑腾着。它其实并不漂亮；哈利觉得它的样子就像一把皱巴巴的黑伞。

《哈利·波特与魔法石》

第14章　挪威脊背龙 —— 诺伯

四月二十三日

"它很漂亮，是不是？"海格喃喃地说。他伸出一只手，摸了摸小火龙的脑袋。小火龙一口咬住他的手指，露出尖尖的长牙。

"天哪，你们看，它认识它的妈妈！"海格说。

《哈利·波特与魔法石》

第14章　挪威脊背龙 —— 诺伯

DRAIG CYFFREDIN CYMREIG WERLID

四月二十四日

"从图书馆借来的——《为消遣和盈利而饲养火龙》——当然啦,已经有点过时了,但内容很全。要把蛋放在火里,因为火龙妈妈会对着蛋喷火。你们看,这里写着呢,等它孵出来后,每半个小时喂它一桶鸡血白兰地酒。"

——鲁伯·海格

《哈利·波特与魔法石》
第14章　挪威脊背龙——诺伯

四月二十五日

"可是不列颠就没有野龙吗?"哈利说。

"当然有,"罗恩说,"有普通威尔士绿龙和赫布里底群岛黑龙。我可以告诉你,魔法部有一项工作就是隐瞒这些野龙的存在。我们的巫师不得不经常给那些看到野龙的麻瓜们念咒,让他们把这件事忘得一干二净。"

《哈利·波特与魔法石》
第14章　挪威脊背龙——诺伯

四月二十六日

一些全身由绿色和金色火花构成的火龙正在走廊里飞来飞去,一路喷射出艳丽的火红色气流,发出巨大的爆炸声……

《哈利·波特与凤凰社》
第28章　斯内普最痛苦的记忆

四月二十七日

"找到了。"哈利举起小瓶,掐好量喝了一口。

"感觉如何?"赫敏小声问。

哈利一时没有回答,接着,慢慢地但是确确实实地,一种无比振奋的感觉流向全身,仿佛有无限的机会摆在面前。他感到自己能做任何事,什么都不在话下……

《哈利·波特与"混血王子"》
第22章 葬礼之后

四月二十八日

斯拉格霍恩教授的生日

"嗯,"斯拉格霍恩说,他没看里德尔,而是玩弄着菠萝蜜饯盒子上的缎带,"当然,给你简单介绍一下不会有什么坏处,只是让你理解这个名词。魂器是指藏有一个人的部分灵魂的物体。"

《哈利·波特与"混血王子"》
第23章 魂器

四月二十九日

"啊,斯内普教授,"乌姆里奇咧开大嘴笑着,重又站了起来,"是的,我想再要一瓶吐真剂,拜托你了,越快越好。"

"你拿走了我的最后一瓶去审问波特,"斯内普说,目光从乌黑油腻的头发间冷冷地端详着她,"肯定没有用完吧?我告诉过你三滴就够了。"

《哈利·波特与凤凰社》
第32章 从火中归来

四月三十日

"教授,很抱歉打搅您,"哈利尽量轻声说,罗恩踮着脚尖,企图越过斯拉格霍恩朝房间里看,"可是我的朋友罗恩误服了迷情剂,您能不能给他配点解药?我本想带他去找庞弗雷女士,但是按理说我们不可以买韦斯莱魔法把戏坊的东西,所以,您知道……问起来会很尴尬……"

"我以为你已经给他弄出了解药呢,哈利,你不是个魔药专家吗?"斯拉格霍恩问。

《哈利·波特与"混血王子"》
第18章 生日的意外

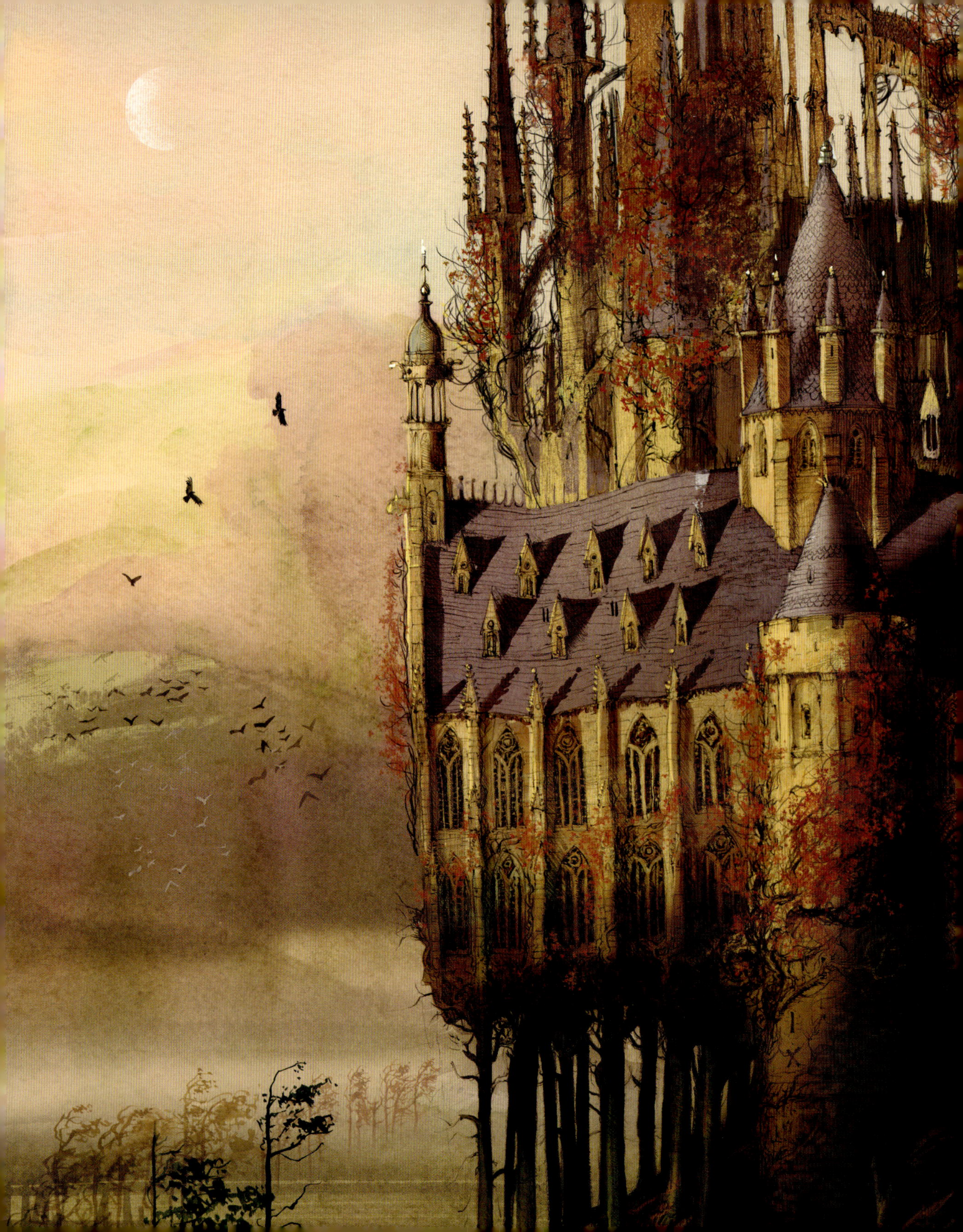

五 月

几个月来，他们第一次碰到这样的好天气。天空清澈明净，蓝得像勿忘我花的颜色，空气里有一种夏天即将来临的气息。

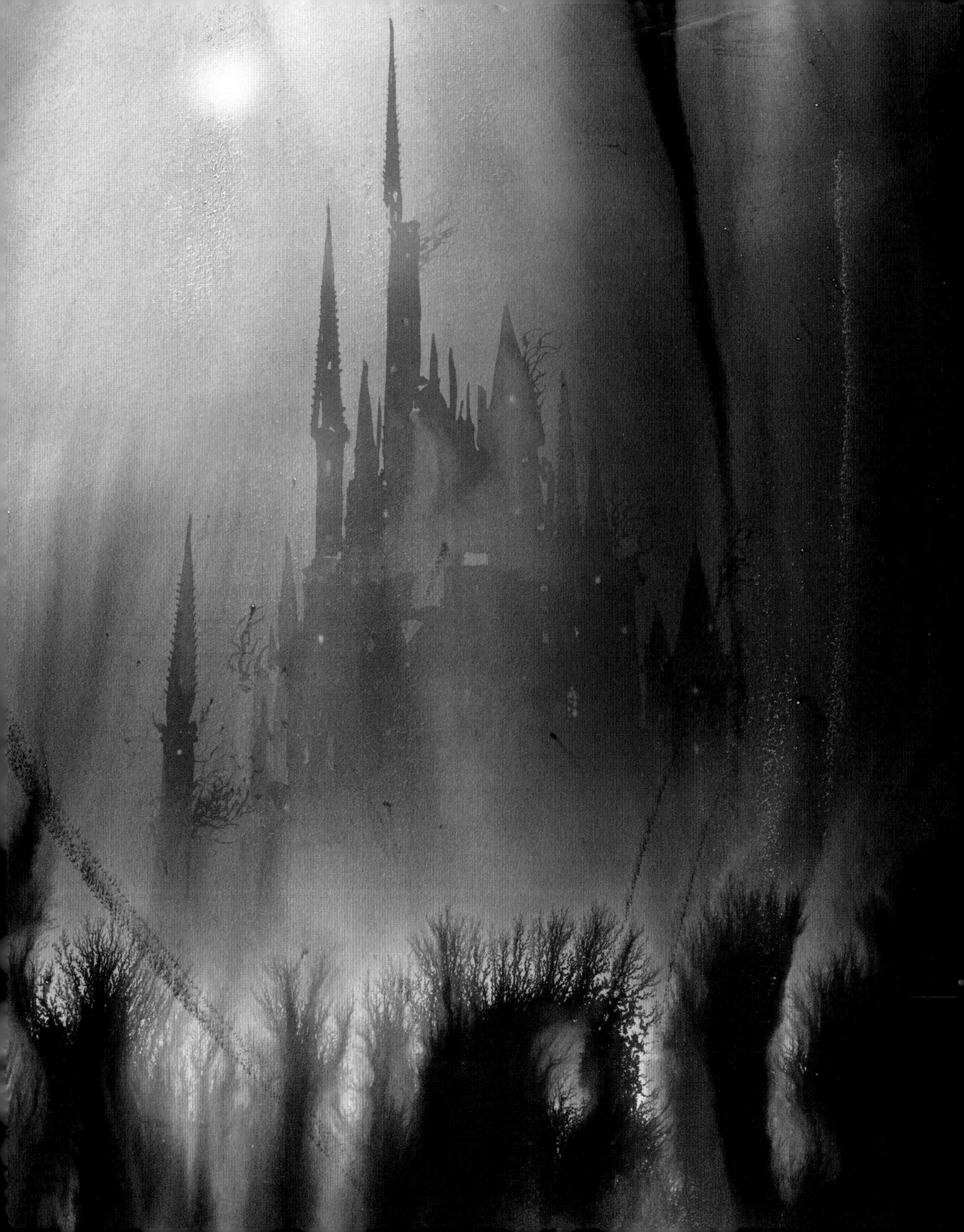

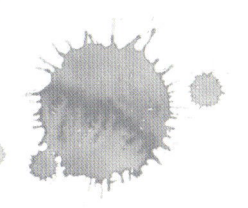

五月一日

"你搜寻这件——这件东西的时候，我们会抵挡那个连名字都不能提的人，保护学校的安全。"

"有可能吗？"

"我认为有，"麦格教授淡淡地说，"你知道，我们教师都很擅长魔法。"

《哈利·波特与死亡圣器》
第30章　西弗勒斯·斯内普被赶跑

五月二日
霍格沃茨的战斗

"是啊，我们确实希望级长在这样的关键时候能起表率作用。"乔治说，惟妙惟肖地模仿着珀西那副十足的假正经派头，"我们赶紧上楼战斗吧，不然所有像样的食死徒都被抓住了。"

《哈利·波特与死亡圣器》
第30章　西弗勒斯·斯内普被赶跑

五月三日

他走下台阶，来到外面的黑夜里。差不多凌晨四点了，死一般寂静的场地似乎也屏住了呼吸，等着看他是否会做他必须要做的事情。

《哈利·波特与死亡圣器》
第34章　又见禁林

五月四日

　　格洛普跪在两棵还没有被他拔起的树中间。他们抬头望着他那张大得吓人的脸,觉得很像一轮灰蒙蒙的满月,飘浮在昏暗的林中空地上。他的五官似乎是刻在一块球形大石头上的。

《哈利·波特与凤凰社》
第30章　格洛普

五月五日

"抓住一只独角兽很不容易,它们这种动物具有很强的魔法。"

—— 鲁伯·海格

《哈利·波特与魔法石》
第15章 禁林

五月六日

于是,他们走进了禁林,牙牙在他们周围蹦蹦跳跳地跑着,一路嗅着树根和树叶。

《哈利·波特与密室》
第15章 阿拉戈克

五月七日

突然,从空地另一边又传来了更多的马蹄声。罗南和贝恩从树丛中冲了出来,腹胁处剧烈地起伏着,汗水淋漓。

"费伦泽!"贝恩怒吼道,"你在做什么?你让一个人骑在你背上!你不觉得丢脸吗?难道你是一头普通的骡子?"

《哈利·波特与魔法石》
第15章 禁林

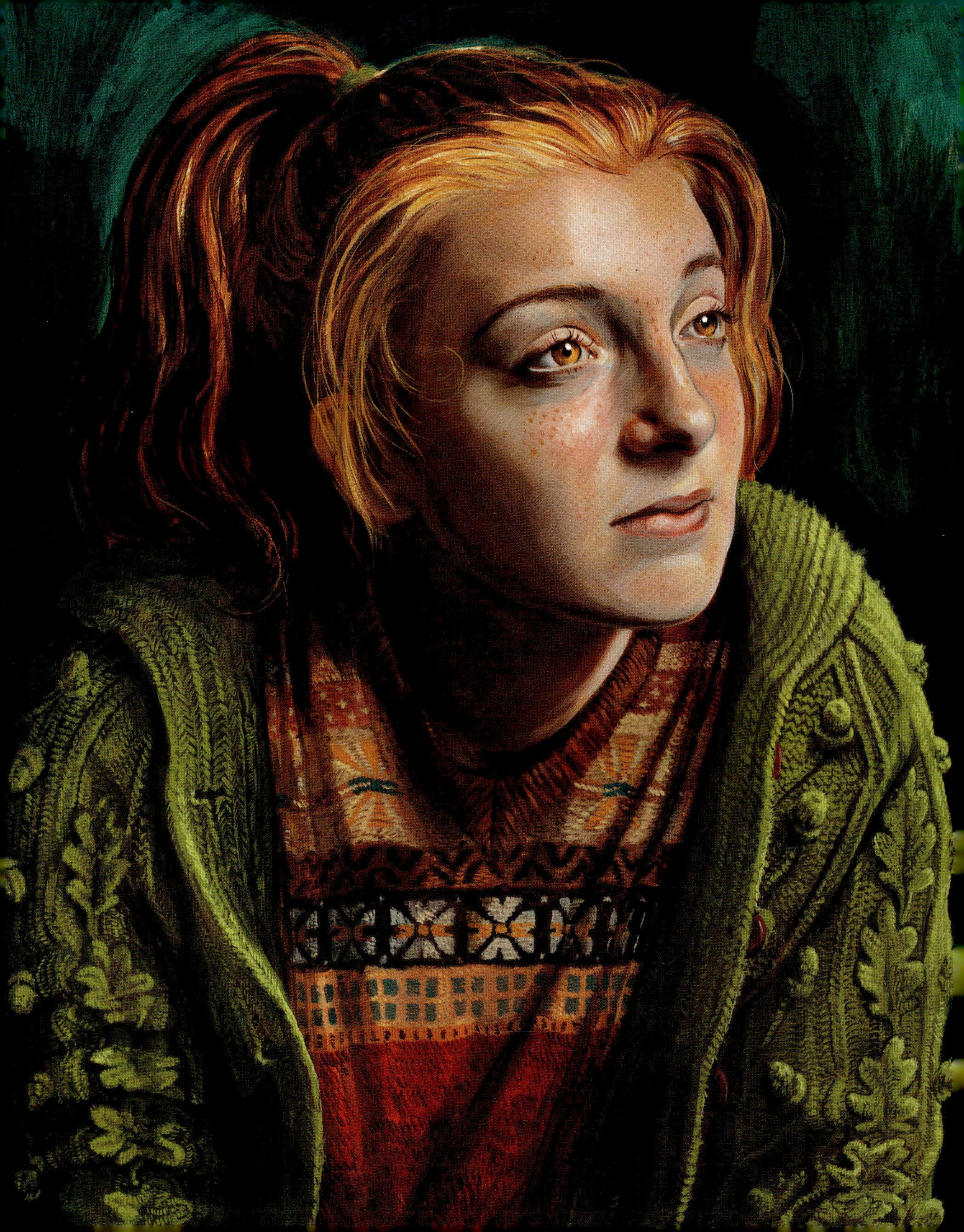

五月八日

"他在那儿,妈妈,他在那儿,快看哪!"

是金妮——罗恩的妹妹——但她指的并不是罗恩。

"哈利·波特!"她尖声尖气地叫道,"快看哪,妈妈!我看见了——"

《哈利·波特与魔法石》
第17章 双面人

五月九日

"别那么说,金妮还不错,"乔治公正地说,挨着弗雷德坐了下来,"说实话,我不知道她怎么会打得这么好,我们从来没带她玩……"

"她从六岁起就钻进花园的扫帚棚,轮流偷用你们的扫帚。"赫敏在她那堆摇摇欲倒的古代如尼文书后面说。

"噢,"乔治叹服道,"噢——那就明白了。"

《哈利·波特与凤凰社》
第26章 梦境内外

五月十日

哈利看看周围,金妮向他奔来,张开双臂抱住了他,脸上是一种炽烈的表情。于是,没有想,没有准备,没有担心有五十个人在看着,哈利吻了她。

《哈利·波特与"混血王子"》
第24章 神锋无影

五月十一日

一星期三次,他们都要由一个叫斯普劳特的矮胖女巫带着到城堡后边的温室去上草药课,学习如何培育这些奇异的植物和菌类并了解它们的用途。

《哈利·波特与魔法石》
第8章 魔药课老师

五月十二日

斯普劳特教授从腰带上取下一把大钥匙,把门打开了。哈利闻到一股潮湿的泥土和肥料的气味,其中夹杂着浓郁的花香。那些花有雨伞那么大,从天花板上垂挂下来。

《哈利·波特与密室》
第6章 吉德罗·洛哈特

五月十三日

　　斯普劳特教授衣服上总沾着不少泥土，若是佩妮姨妈看见她的指甲，准会晕过去。

《哈利·波特与密室》
第6章　吉德罗·洛哈特

五月十四日

　　"巴波块茎。"斯普劳特教授欢快地告诉大家，"需要用手去挤，你们要收集它的脓液——"

　　"什么？"西莫·斐尼甘用厌恶的口气问道。

　　"脓液，斐尼甘，脓液，"斯普劳特教授说，"它有极高的价值，千万不要浪费。"

《哈利·波特与火焰杯》
第13章　疯眼汉穆迪

五月十五日

斯普劳特教授的生日

　　她小跑着远去了，他们听见她嘴里念念有词："毒触手，魔鬼网，疙瘩藤的荚果……对，我倒要看看食死徒怎么对付这些。"

《哈利·波特与死亡圣器》
第30章　西弗勒斯·斯内普被赶跑

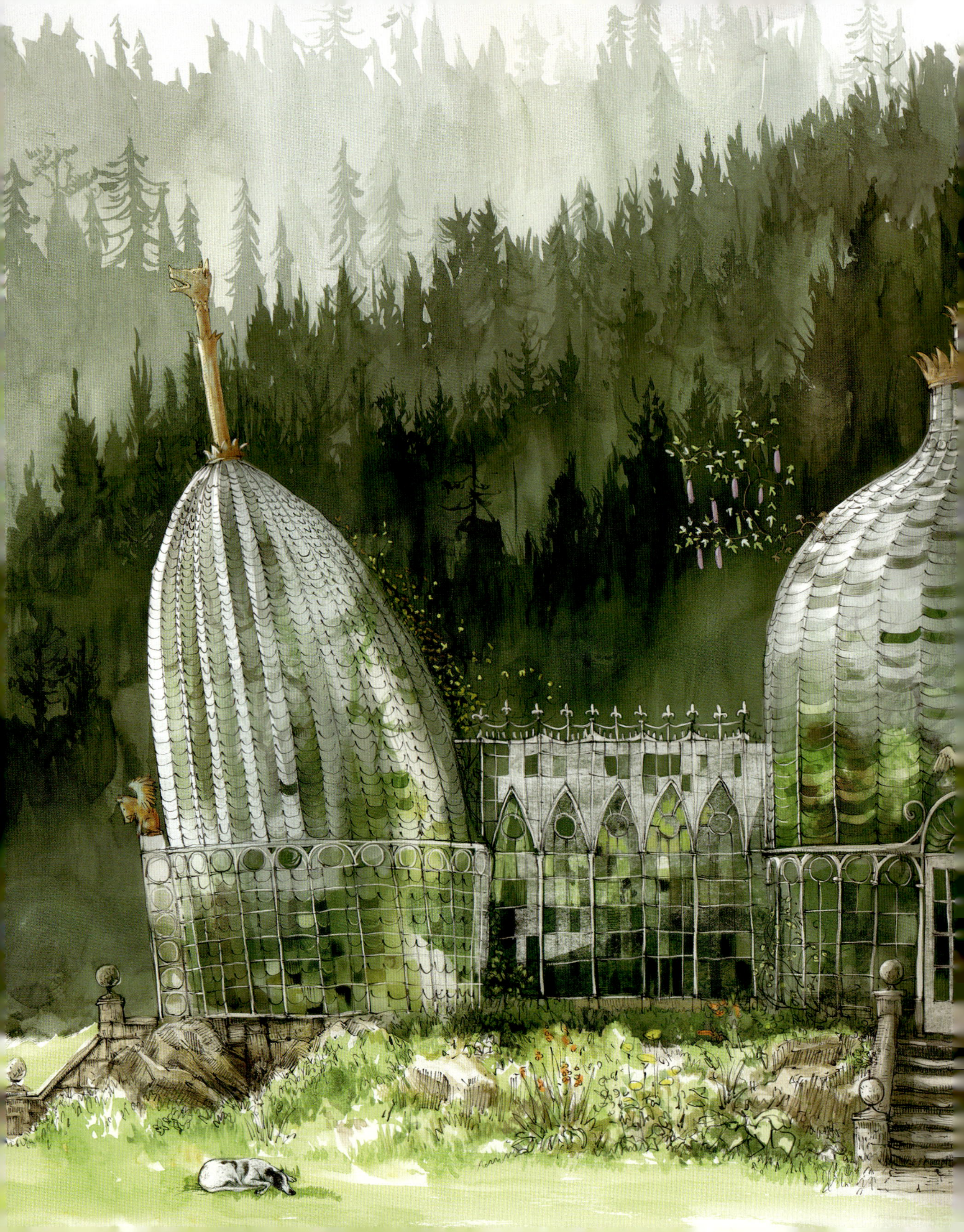

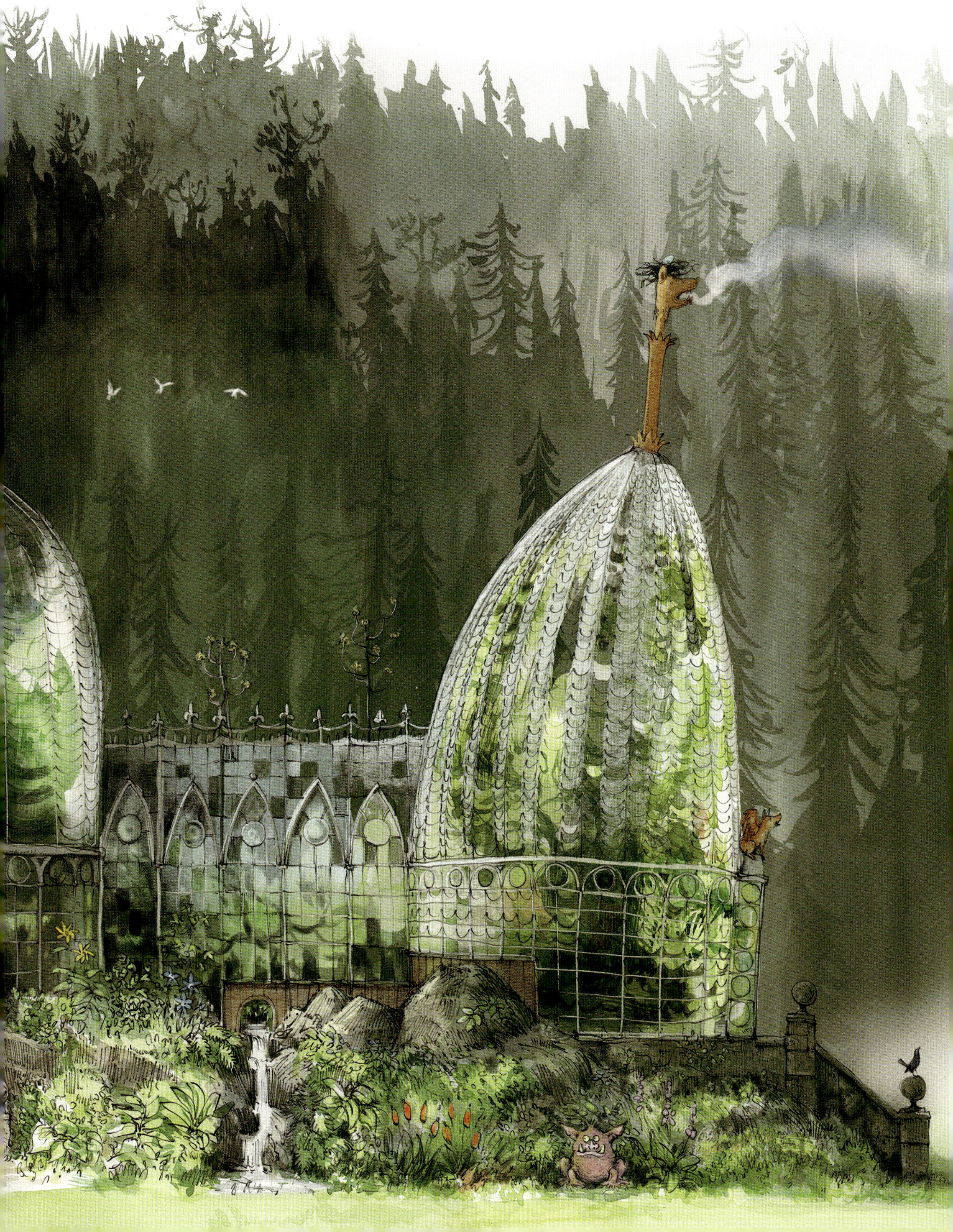

五月十六日

耀眼的金色阳光透过走廊的高窗投下宽宽的光带,窗外的蓝天明亮得如同刚上过一层釉。

《哈利·波特与火焰杯》
第29章 噩梦

五月十七日

特里劳尼教授弯下腰,从椅子底下拿出一个装在圆玻璃罩里的小型太阳系模型。这个模型非常美丽,燃烧的太阳、九大行星及它们的卫星悬浮在玻璃罩中,在各自的位置上熠熠闪烁。

《哈利·波特与火焰杯》
第29章 噩梦

五月十八日

"啊,看上去妙极了。"一个半小时后,斯拉格霍恩盯着哈利坩埚中阳光般金黄的液体拍手叫道,"欢欣剂,是不是?那是什么味道? 嗯……你加了小小一枝椒薄荷,是不是?不大正统,然而这是多么天才的灵感,哈利。"

《哈利·波特与"混血王子"》
第22章 葬礼之后

五月十九日

太阳又滑下去一些,天空变成了靛蓝色。巨龙仍在飞行,它巨大的影子像一大块乌云掠过地面,城市和集镇在他们下方远去。由于一直死命抓着龙背,哈利感到浑身疼痛。

《哈利·波特与死亡圣器》
第27章 最后的隐藏之处

五月二十日

　　柜子里有一个浅浅的石盆，盆口有奇形怪状的雕刻：有如尼文，还有哈利认不出来的符号。银光就是由盆里的东西发出来的，哈利从没见过这样的物质。

《哈利·波特与火焰杯》
第30章　冥想盆

五月二十一日

　　他想碰碰它，看是什么感觉。但在魔法世界将近四年的经验告诉他，把手伸进盛满未知物体的盆里是非常愚蠢的。

《哈利·波特与火焰杯》
第30章　冥想盆

五月二十二日

"佩妮说根本就没有什么霍格沃茨。这是真的,对吗?"

"对我们来说是真的,"斯内普说,"对她来说不是。我们会收到信的,你和我。"

"真的?"莉莉轻声问。

"千真万确。"斯内普说。

《哈利·波特与死亡圣器》
第33章 "王子"的故事

五月二十三日

邓布利多从袍子里抽出魔杖,把杖尖插进他的银发,靠近太阳穴。当他拔出魔杖时,杖尖上好像粘了一些发丝 —— 但哈利随即发现那其实是一小缕和盆中一样的闪光的银白色物质。

《哈利·波特与火焰杯》
第30章 冥想盆

五月二十四日

"打开。"哈利用低沉的、喑哑的咝咝声说。两条蛇分开了,石墙从中间裂开,慢慢滑到两边消失了。哈利浑身颤抖着,走了进去。

《哈利·波特与密室》
第16章 密室

五月二十五日

他站在一个长长的、光线昏暗的房间的一侧。许多刻着纠缠盘绕的大蛇的石柱,高耸着支撑起消融在上面黑暗中的天花板,给弥漫着绿莹莹神秘氤氲的整个房间投下一道道长长的诡谲的黑影。

《哈利·波特与密室》
第17章 斯莱特林的继承人

五月二十六日

"我给自己想出了一个新的名字,我知道有朝一日,当我成为世界上最伟大的魔法师时,各地的巫师都不敢轻易说出这个名字!"

—— 汤姆·里德尔

《哈利·波特与密室》
第17章 斯莱特林的继承人

五月二十七日

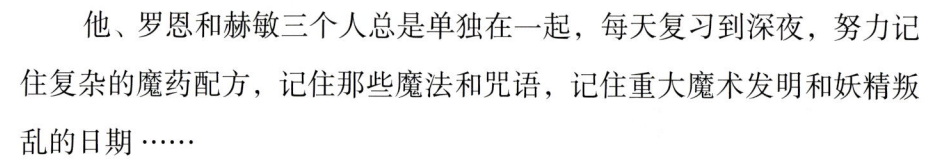

他、罗恩和赫敏三个人总是单独在一起,每天复习到深夜,努力记住复杂的魔药配方,记住那些魔法和咒语,记住重大魔术发明和妖精叛乱的日期……

《哈利·波特与魔法石》
第15章 禁林

五月二十八日

赫敏只有在下棋时才会输,哈利和罗恩认为这对她很有好处。

《哈利·波特与魔法石》
第13章 尼可·勒梅

五月二十九日

麦格教授也站了起来,而她的这个举动就很有威慑力了。她和乌姆里奇教授站在一起,明显高出了许多。

"波特,"她说,声音清脆响亮,"我会帮助你成为一名傲罗,哪怕这是我生前做的最后一件事!哪怕需要我每天晚上给你补课,我也会保证你获得需要的成绩!"

《哈利·波特与凤凰社》
第29章 就业指导

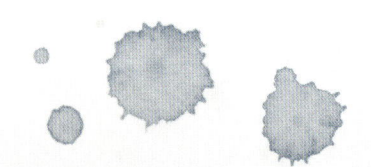

五月三十日

哈利抱着一些枯枝放在堆肥顶上,正好和厄尼·麦克米兰打了个照面。厄尼深深吸了口气,非常正式地说:"我只想说,哈利,对不起,我曾经怀疑过你。我知道你绝不会攻击赫敏·格兰杰,我为我以前说过的所有混账话向你道歉。"

《哈利·波特与密室》
第15章　阿拉戈克

五月三十一日

连天气都像是在庆祝。临近六月,白天变得晴朗无云,热烘烘的,让人只想带上几品脱冰镇南瓜汁溜达到场地上,一屁股坐在草地上,也许可以随意玩上几局高布石,或者看着巨乌贼在湖面上梦幻般地游动。

《哈利·波特与阿兹卡班囚徒》
第16章　特里劳尼教授的预言

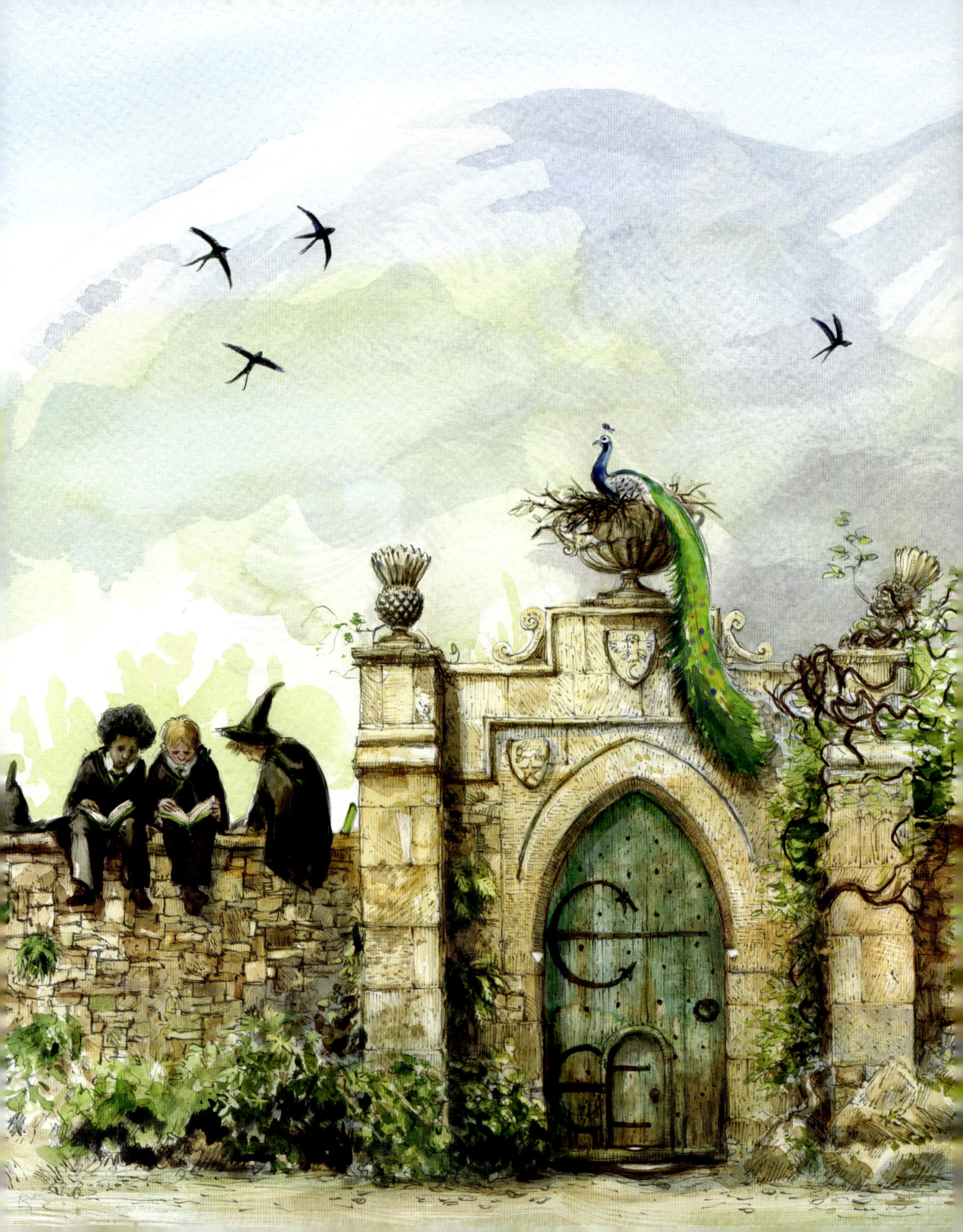

六　月

　　城堡的场地在阳光下闪闪发亮，好像刚刚油漆过一样。万里无云的天空对着波光粼粼的湖面中的倒影微笑。丝缎般光滑的绿茵在微风中轻柔地起伏。

六月一日

"其实,"考试前几天,有人听见他在魔药课堂外大声告诉克拉布和高尔,"重要的不是你知道什么,而是你认识什么人。"

《哈利·波特与凤凰社》
第31章 O.W.L.考试

六月二日

"隆巴顿,如果头脑是金子,你就比韦斯莱还要穷,这就很能说明问题了。"

——德拉科·马尔福

《哈利·波特与魔法石》
第13章 尼克·勒梅

六月三日

连弗雷德和乔治·韦斯莱都在用功了,他们要参加O.W.L.(普通巫师等级考试)。珀西准备通过N.E.W.T.(终极巫师考试),这是霍格沃茨提供的最高学历。

《哈利·波特与阿兹卡班囚徒》
第16章 特里劳尼教授的预言

六月四日

帕瓦蒂不出声地练习咒语,她面前的盐瓶在急速扭动。赫敏又在复习《魔咒成就》,她读得可真快,眼神看上去都模糊了。纳威手里的刀叉不停地掉落,还把橘子酱给打翻了。

《哈利·波特与凤凰社》
第31章 O.W.L. 考试

六月五日

德拉科·马尔福的生日

"你很快就会发现,有些巫师家庭要比其他家庭好许多,波特。你不会想跟另类的人交朋友吧。在这一点上我能帮你。"

—— 德拉科·马尔福

《哈利·波特与魔法石》
第6章 从 $9\frac{3}{4}$ 站台开始的旅程

六月六日

"自动答题羽毛笔不许带进考场,还有记忆球、小抄活页袖和自动纠错墨水。"

——米勒娃·麦格

《哈利·波特与凤凰社》

第31章 O.W.L.考试

六月七日

另外还有实际操作的考试。弗立维教授叫同学们挨个儿走进教室,看他们能不能使一只凤梨跳着踢踏舞走过一张书桌。

《哈利·波特与魔法石》

第16章 穿越活板门

六月八日

"好了……谁愿意跟我去看看最后一条炸尾螺？我在开玩笑——开玩笑！"看到他们脸上的神情，他又急忙加了一句。

——鲁伯·海格

《哈利·波特与火焰杯》
第37章 开始

六月九日

即使对于星期天来说，城堡也显得过于安静了。每个人都在外面阳光灿烂的场地上，享受着考试结束后的轻松，和即将到来的学期最后几天没有复习和考试困扰的日子。

《哈利·波特与凤凰社》
第38章 第二场战争开始了

1892
CANNONS
QS
QUIDDITCH SUPPLIES
EVERY
SATURDAY
QUIDDITCH THROUGH THE AGES
AN ORDINARY OF BIRDS
A SNITCH IN TIME
MARTIN MIGGS
HOGWARTS

六月十日

"我 — 我戴着比尔以前戴的那种徽章 —— 手里还举着学院杯和魁地奇杯 —— 我还是魁地奇球队的队长呢！"

—— 罗恩·韦斯莱

《哈利·波特与魔法石》
第12章　厄里斯魔镜

六月十一日

歌声越来越响，但不是从身穿绿色和银色衣服的斯莱特林同学中传出来的，而是从缓缓朝城堡移动的穿红色和金色衣服的人群中传出来的，许多人的肩膀上扛着一个身影。

韦斯莱是我们的王，
韦斯莱是我们的王，
绝不把球往门里放，
韦斯莱是我们的王……

《哈利·波特与凤凰社》
第30章　格洛普

六月十二日

伍德泪眼模糊地冲过来，搂住哈利的脖子，趴在他肩上纵情地哭泣。哈利感到两下重重的撞击，弗雷德和乔治扑上来了，然后是安吉利娜、艾丽娅和凯蒂的声音："我们夺杯了！我们夺杯了！"

《哈利·波特与阿兹卡班囚徒》
第15章　魁地奇决赛

六月十三日

"福克斯是一只凤凰,哈利。凤凰到了将死的时候,就会自焚,然后从灰烬里再生。"

——阿不思·邓布利多

《哈利·波特与密室》
第12章 复方汤剂

六月十四日

一只深红色的鸟突然从天而降,有天鹅那么大,在拱形的天花板上演奏着它那神奇的音乐。它有一条金光闪闪的尾巴,像孔雀尾巴一样长,还有一对金光闪闪的爪子,爪子上抓着一个破破烂烂的包裹。

《哈利·波特与密室》
第17章 斯莱特林的继承人

六月十五日

　　凤凰发出一声轻柔而颤抖的鸣叫。那声音在空中微微发抖，哈利感到似乎一滴滚热的液体顺着喉咙滑进了胃里，他一下子觉得暖乎乎的，有了力量和勇气。

《哈利·波特与火焰杯》
第36章　分道扬镳

六月十六日

　　"哈利的魔杖和伏地魔的魔杖有着同样的杖芯。它们各自所含的那根羽毛是从同一只凤凰身上取得的。说实话，就是这只凤凰。"他说，指了指静静栖在哈利膝头的金红色大鸟。

——阿不思·邓布利多

《哈利·波特与火焰杯》
第36章　分道扬镳

六月十七日

"这是多么精彩的一年啊！你们的小脑瓜里肯定都比过去丰富了一些……前面有整个暑假在等着你们，可以让你们在下学期开始之前，好好把那些东西消化消化，让脑子里腾出空来……"

—— 阿不思·邓布利多

《哈利·波特与魔法石》

第17章　双面人

六月十八日

"勇气有许多种类，"邓布利多微笑着，"对付敌人我们需要超人的胆量，而要在朋友面前坚持自己的立场，同样也需要很大的勇气。因此，最后我要奖励纳威·隆巴顿先生十分。"

《哈利·波特与魔法石》

第17章　双面人

六月十九日

格兰芬多学院主要靠了在魁地奇杯中的出色表现，第三年蝉联学院杯冠军，这意味着期末宴会是在红金两色的装饰中举行，而且格兰芬多的桌子最热闹，人人都在庆祝。

《哈利·波特与阿兹卡班囚徒》

第22章　又见猫头鹰传书

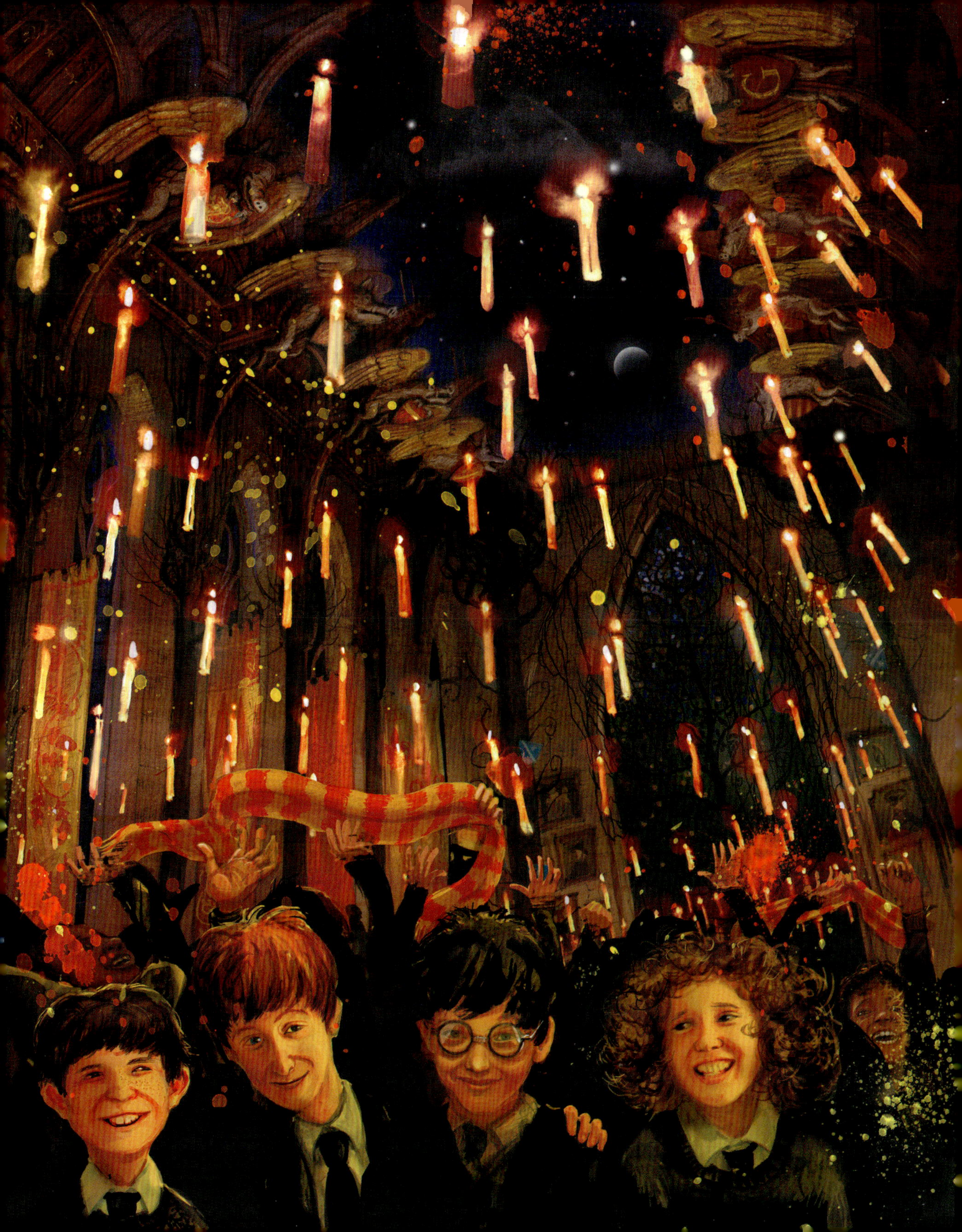

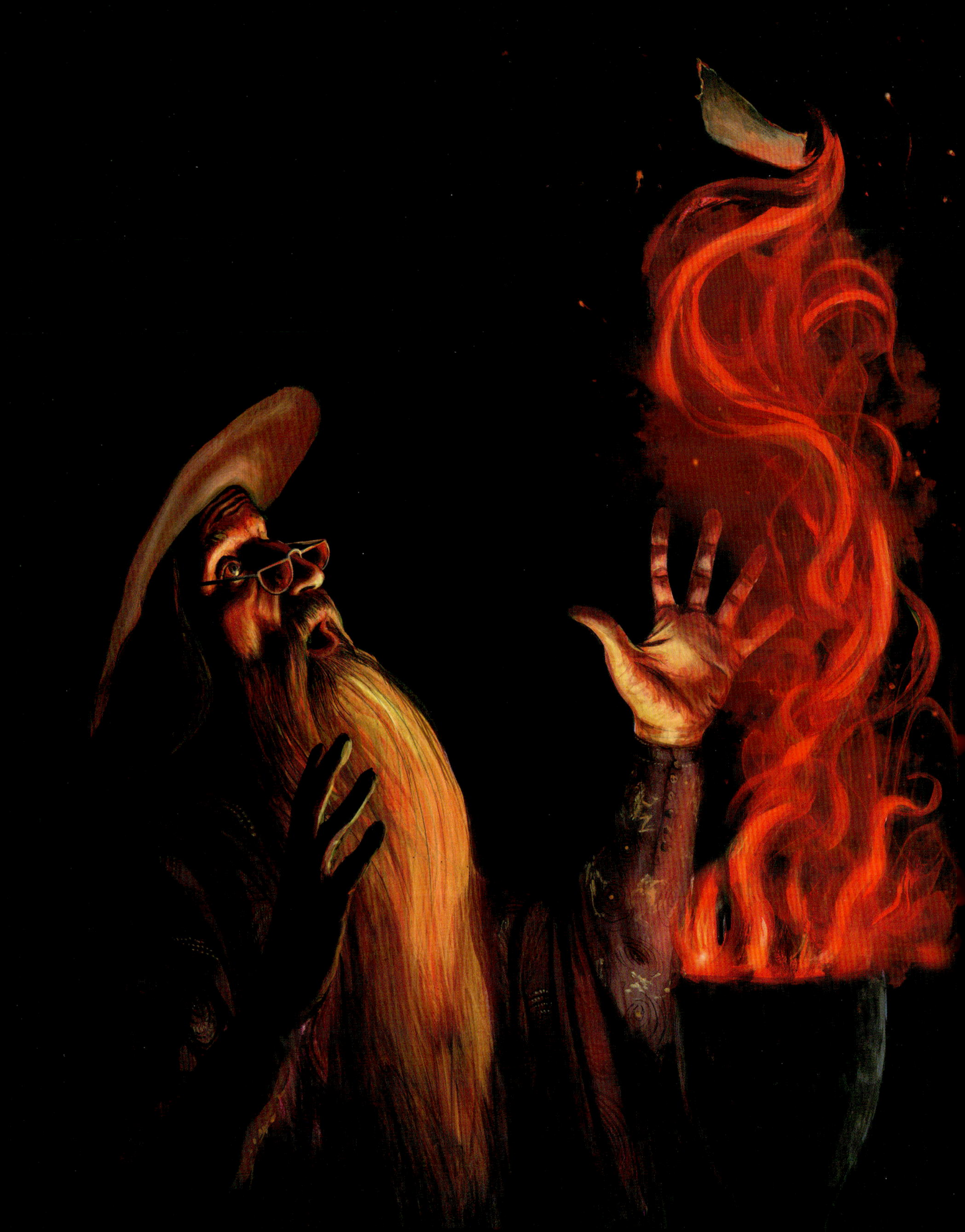

六月二十日

"伏地魔制造冲突和敌意的手段十分高明。我们只有表现出同样牢不可破的友谊和信任,才能与之抗争到底。只要我们目标一致,敞开心胸,习惯和语言的差异都不会成为障碍。"

—— 阿不思·邓布利多

《哈利·波特与火焰杯》
第37章 开始

六月二十一日

"哈利,表现我们真正自我的是我们的选择,选择比我们的能力重要得多。"

—— 阿不思·邓布利多

《哈利·波特与密室》
第18章 多比的报偿

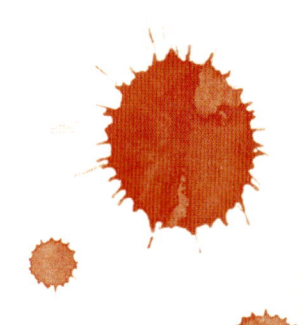

六月二十二日

"就叫他伏地魔吧,哈利。对事物永远使用正确的称呼。对一个名称的恐惧,会强化对这个事物本身的恐惧。"

—— 阿不思·邓布利多

《哈利·波特与魔法石》
第17章 双面人

六月二十三日

"会有许多障碍,"巴格曼欢快地说,一边踮着脚跳来跳去,"海格提供了一大堆动物……还有一些必须解除的咒语……诸如此类的东西,你们知道。"

《哈利·波特与火焰杯》
第28章 克劳奇先生疯了

六月二十四日

三强争霸赛第三个项目比赛日

塞德里克·迪戈里的忌日

一百米开外,三强杯在底座上闪烁着诱人的光芒。哈利撒腿跑了起来,突然,一个黑影冲到了他前面的路上。

塞德里克抢先了,他正在全速朝奖杯冲刺。哈利知道自己怎么也追不上了。

《哈利·波特与火焰杯》
第31章 第三个项目

六月二十五日

"我们俩一起。"哈利说。

"什么?"

"两个人同时拿,仍然是霍格沃茨获胜。我们是并列冠军。"

塞德里克瞪着哈利,松开了抱着的手臂。"你——真想这样?"

《哈利·波特与火焰杯》

第31章 第三个项目

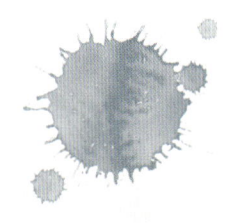

六月二十六日

"今晚,我有许多话要对你们大家说,"邓布利多说,"但我首先必须沉痛地宣告,我们失去了一位很好的人,他本来应该坐在这里,"他指了指赫奇帕奇的同学们,"和我们一起享受这顿晚宴。我希望大家都站起来,举杯向塞德里克·迪戈里致敬。"

《哈利·波特与火焰杯》

第37章 开始

六月二十七日

夜里十一点,他们来到天文塔顶上,发现这是一个观察天体的理想夜晚,没有云,也没有风。场地沐浴在银色的月光下,空气里微微有一丝凉意。

《哈利·波特与凤凰社》
第31章　O.W.L. 考试

六月二十八日

"哈利,你一定要住到我家里来。我会跟爸爸妈妈说好的,到时候通知你。我会打串话了——"

"是电话,罗恩,"赫敏说,"说真的,你明年应该学一学麻瓜研究……"

《哈利·波特与阿兹卡班囚徒》
第22章　又见猫头鹰传书

六月二十九日

好像是在突然之间,他们的衣柜空了,东西都装到了行李箱里,纳威的蟾蜍躲在盥洗室的角落里被人发现了。通知发到了每个学生手里,警告他们放假期间不许使用魔法("我一直希望他们忘记把这个发给我们。"弗雷德·韦斯莱遗憾地说)。

《哈利·波特与魔法石》
第17章 双面人

六月三十日

天文塔上的战斗

阿不思·邓布利多的忌日

"只有当这里的人都背叛我的时候,我才算真正离开了这所学校。你们还会发现,在霍格沃茨,那些请求帮助的人总是能得到帮助的。"

——阿不思·邓布利多

《哈利·波特与密室》
第14章 康奈利·福吉

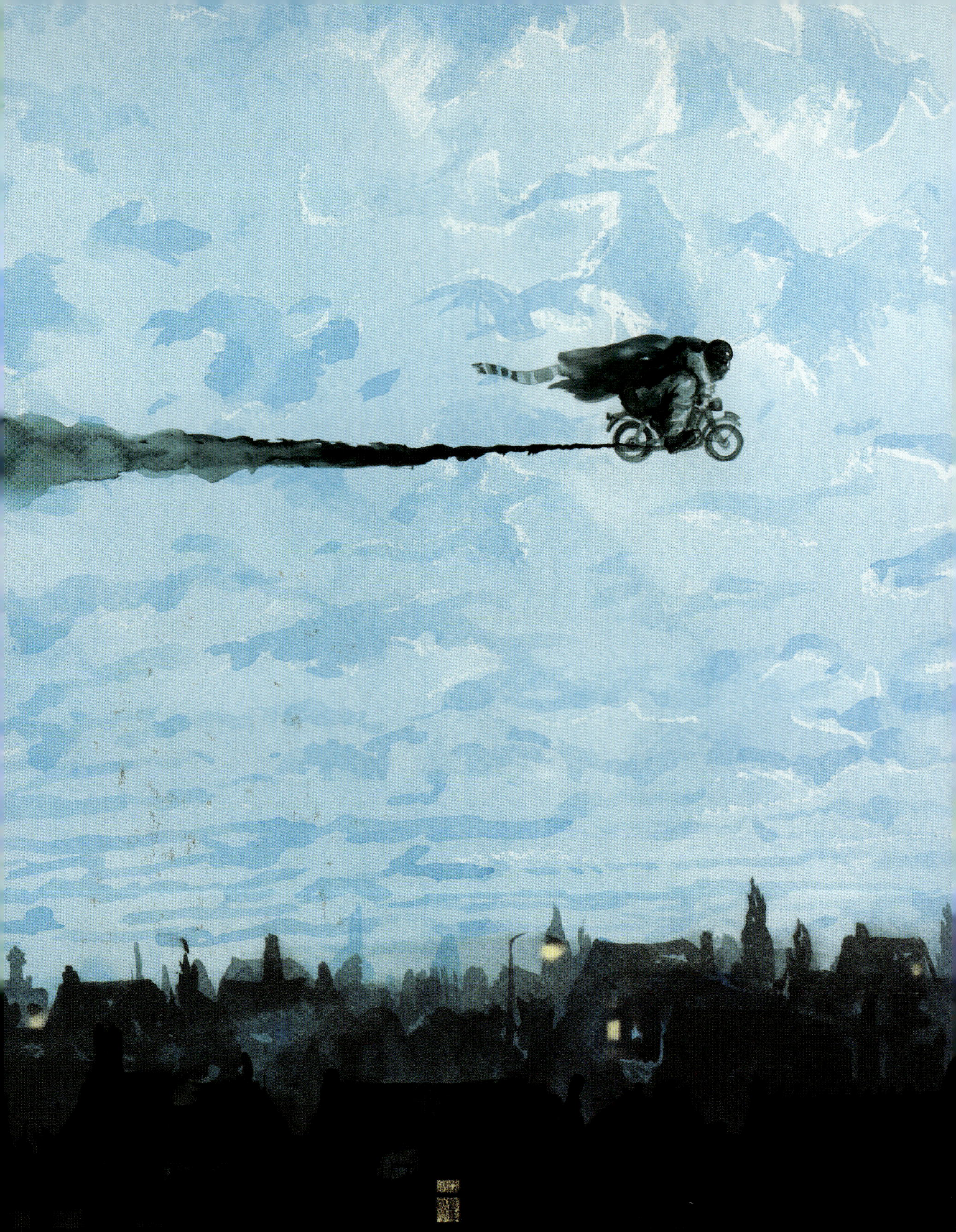

七 月

　　夏季以来最炎热的一天终于快要结束了，女贞路上那些方方正正的大房子笼罩在一片令人昏昏欲睡的寂静中。

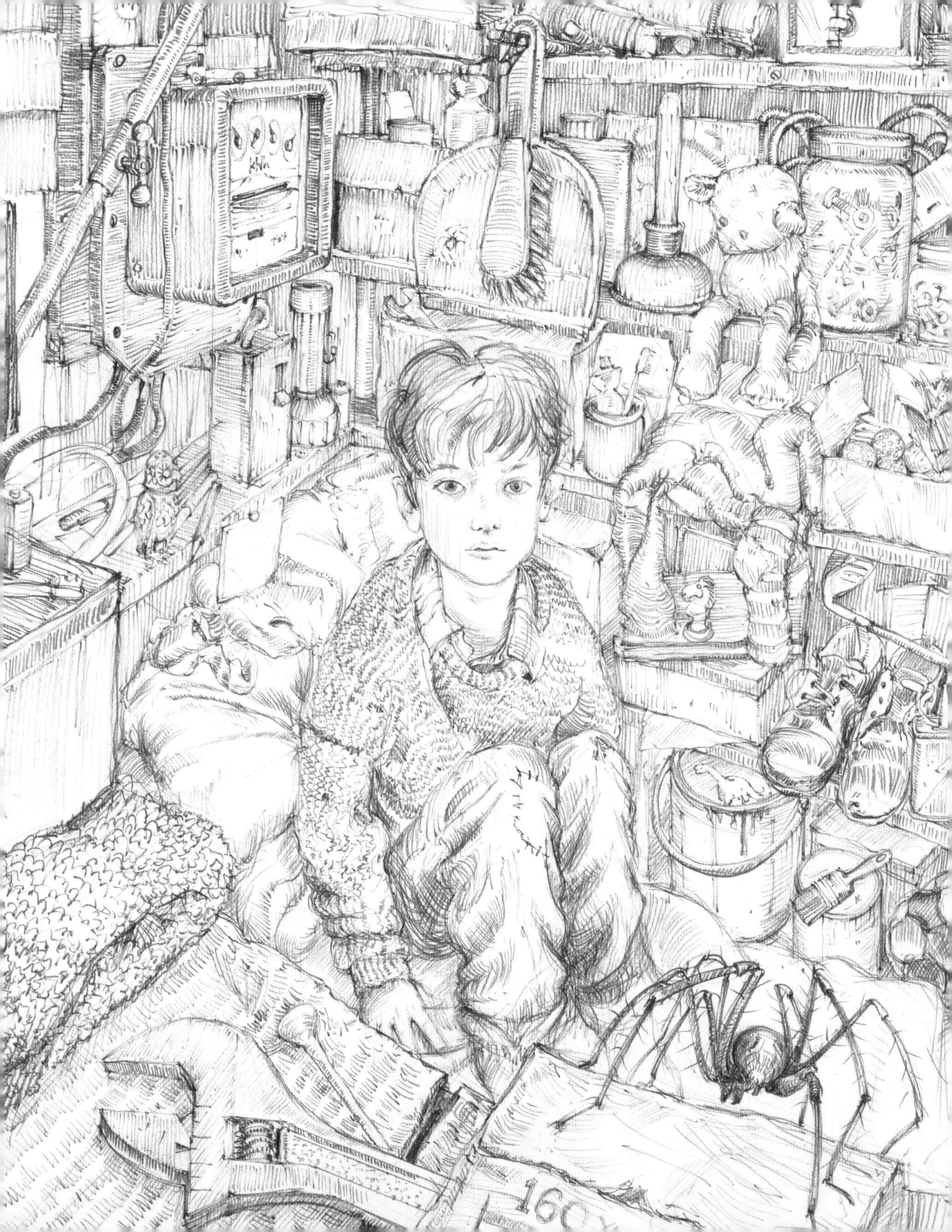

七月一日

他翻身仰卧着,尽力回忆刚才做过的梦。那是一个好梦。梦里有一辆会飞的摩托车。他感到很有趣,似乎以前也做过同样的梦。

《哈利·波特与魔法石》
第2章 悄悄消失的玻璃

七月二日

他还是个婴儿时,他的父母死于车祸。他记得,从那时起到现在,他已经在弗农姨父家生活近十年了,那是十年苦难的生活。他已经不记得父母身亡时,他自己也在车上。他有时躺在储物间里长时间拼命回忆,然后就会出现一种奇妙的幻象:一道耀眼的闪电般的绿光,前额上一阵火辣辣的疼痛。

《哈利·波特与魔法石》
第2章 悄悄消失的玻璃

七月三日

哈利真想念霍格沃茨,想得五脏六腑都发痛。

《哈利·波特与密室》
第1章 最糟糕的生日

七月四日

达力吃着冰淇淋,在一旁晃来晃去地看着哈利擦窗户,洗汽车,修整草坪,整理花圃,给玫瑰剪枝浇水,重新油漆花园的长凳。

《哈利·波特与密室》
第1章 最糟糕的生日

七月五日

"达达要把自己打扮得漂漂亮亮,迎接他的姑妈呢。"佩妮姨妈用手梳理着达力浓密的金黄色头发,说道,"妈妈给你新买了一个漂亮的领结。"

《哈利·波特与阿兹卡班囚徒》
第2章 玛姬姑妈的大错误

七月六日

"佩妮,我决不允许家里出这样的人。我们抱他进来的时候,不是发过誓,要制止这种耸人听闻的荒唐事吗?"

——弗农·德思礼

《哈利·波特与魔法石》
第3章 猫头鹰传书

七月七日

"教父?"弗农姨父疑惑地问,"你没有教父!"

"我有,"哈利神采飞扬地说,"他是我爸爸妈妈最好的朋友,他被判了杀人罪,但他从巫师监狱里逃出来了,现在仍然出逃在外。他愿意跟我保持联系……了解我的情况……看我过得开不开心……"

《哈利·波特与阿兹卡班囚徒》
第22章 又见猫头鹰传书

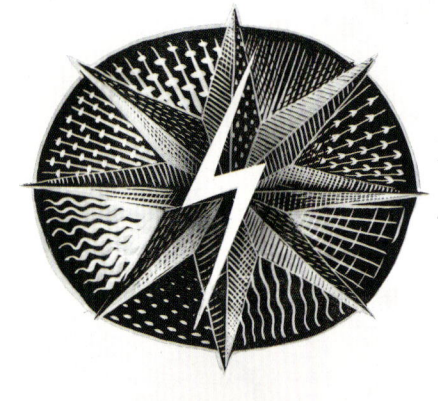

七月八日

哈利·波特在许多方面都是个很不寻常的男孩。比如,他在一年里最讨厌暑假。再比如,他其实很想做家庭作业,却不得不在半夜三更偷偷地做。

《哈利·波特与阿兹卡班囚徒》
第1章　猫头鹰传书

七月九日

哈利刚来得及看清漂亮的绿封面上印着的金灿灿的书名:妖怪们的妖怪书,书就腾的一下立了起来,像某种古怪的螃蟹一样,横着身子在床上快速地爬行。

《哈利·波特与阿兹卡班囚徒》
第1章　猫头鹰传书

七月十日

"我是弗农·德思礼。"

哈利当时正好在房间里,听见电话那头传来罗恩的声音,顿时呆住了。

"喂?喂?你听得见吗?我——要——找——哈利——波特!"

《哈利·波特与阿兹卡班囚徒》
第1章　猫头鹰传书

七月十一日

他撕开包装纸,心猛地跳了一下,看见了一个漂亮的黑皮匣子,上面印着银色的字:飞天扫帚护理工具箱。

"哇,赫敏!"哈利小声说,拉开匣子的拉链往里面看。

《哈利·波特与阿兹卡班囚徒》
第1章 猫头鹰传书

七月十二日

海德薇在一个大衣柜顶上朝哈利高兴地叫了几声,然后便振翅飞出了窗外,哈利知道它一直在等着见他一面之后才去觅食。

《哈利·波特与"混血王子"》
第5章 黏痰过多

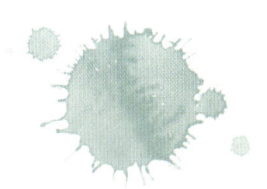

七月十三日

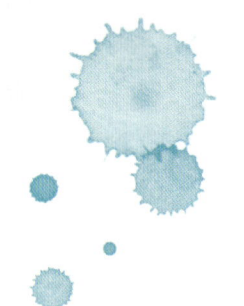

我们接到报告，得知今晚九点十二分你在住处用了一个悬停咒。

——马法尔达·霍普柯克

《哈利·波特与密室》
第2章 多比的警告

七月十四日

"呼神护卫！"

一头巨大的银色牡鹿从哈利的魔杖头上喷了出来，两根鹿角直刺向摄魂怪应该是心脏的位置。摄魂怪被撞得连连后退，它们像周围的黑暗一样没有重量。牡鹿冲上前去，摄魂怪像蝙蝠一般扑闪到一边，匆匆逃走了。

《哈利·波特与凤凰社》
第1章 达力遭遇摄魂怪

七月十五日

"把你的魔杖拿出来,"他们走进紫藤路时,她对哈利说,"现在别管什么《保密法》啦,反正免不了受罚,为一条火龙是一死,为一个火龙蛋也是一死。"

—— 阿拉贝拉·费格

《哈利·波特与凤凰社》
第2章 一群猫头鹰

七月十六日

"好了,哈利,让我们走进黑夜,去追逐那个轻浮而诱人的妖妇——冒险吧。"

—— 阿不思·邓布利多

《哈利·波特与"混血王子"》
第3章 要与不要

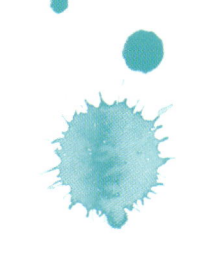

七月十七日

　　陋居的生活和女贞路的生活有着天壤之别。德思礼一家喜欢一切都井井有条,韦斯莱家却充满了神奇和意外。

《哈利·波特与密室》
第4章　在丽痕书店

七月十八日

　　哈利、罗恩、弗雷德和乔治打算到山上韦斯莱家的一块围场上去,那儿周围都是树,不会被下边村子里的人看见。他们可以在那里练习打魁地奇,只要不飞得太高就行。但是不能用真正的魁地奇球,如果不小心让它们飞到村子上空,那就说不清楚了,所以他们只是互相抛接苹果。

《哈利·波特与密室》
第4章　在丽痕书店

七月十九日

阁楼上的食尸鬼只要觉得家里太安静了，就高声号叫，哐啷哐啷地敲管子。弗雷德和乔治卧室中小小的爆炸声被认为是完全正常的。

《哈利·波特与密室》
第4章 在丽痕书店

七月二十日

在哈利身后，大帐篷的入口里面铺着一条长长的紫色地毯，两边放着一排排精致纤巧的金色椅子。柱子上缠绕着白色和金色的鲜花。弗雷德和乔治把一大串金色气球拴在比尔和芙蓉即将举行结婚仪式的地点上空。

《哈利·波特与死亡圣器》
第8章 婚礼

七月二十一日

哈利觉得自己吃得很饱。他坐在那里，望着几只地精被克鲁克山紧紧追赶，一边飞快地穿过蔷薇花丛，一边疯狂地大笑。

《哈利·波特与火焰杯》
第5章 韦斯莱魔法把戏坊

七月二十二日

佩妮姨妈的杰作布丁、堆得高高的奶油和撒了糖霜的堇菜，正在天花板下边飘浮。多比蹲在墙角的碗柜顶上。

"不要，"哈利压低嗓门说，"求求你……他们会杀了我的……"

《哈利·波特与密室》
第2章 多比的警告

七月二十三日

"韦斯莱先生，我是哈利……壁炉被封死了。你们不可能从这里出来。"

"该死！"韦斯莱先生的声音说，"他们干吗要把好好的壁炉封死呢？"

《哈利·波特与火焰杯》
第4章 回到陋居

七月二十四日

"吉格利玻克利!"哈利厉声说道,"霍克斯波克斯……奇格利鬼格利……"

"妈—妈!"达力号叫起来,跌跌撞撞地朝屋里奔去,"妈—妈!他又在干那个了!"

《哈利·波特与密室》
第1章 最糟糕的生日

七月二十五日

海格抓起他的伞在头顶上绕了几圈,怒喝道:"永远——不准——在——我——面前——侮辱——阿不思——邓布利多!"

《哈利·波特与魔法石》
第4章 钥匙保管员

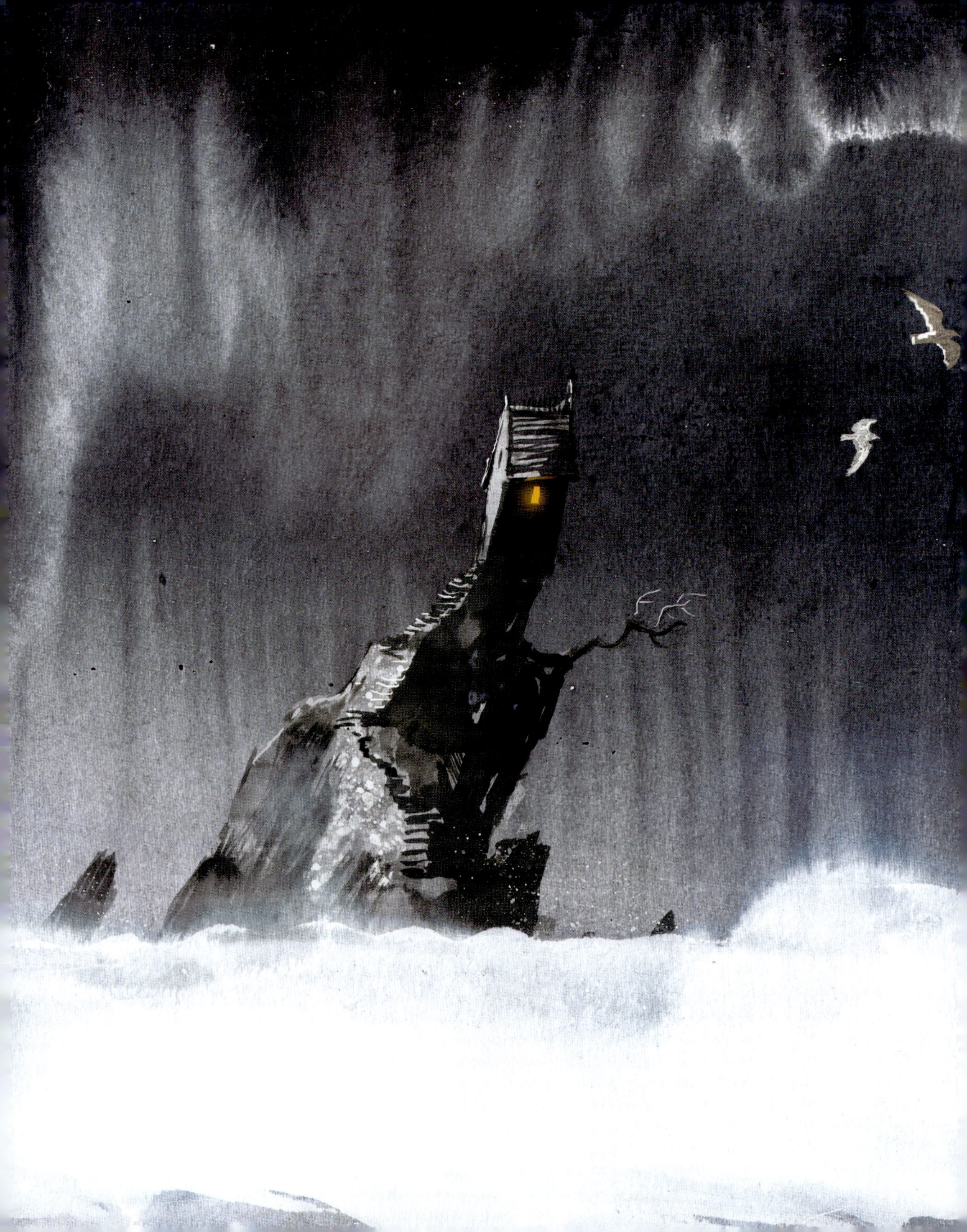

七月二十六日

弗农姨父指着海上一块巨大的礁石。礁石上有一间可以想象的最寒酸的破烂小木屋。

《哈利·波特与魔法石》
第3章 猫头鹰传书

七月二十七日

哈利用颤抖的手把信封翻过来，只见上面有一块紫色的蜡封，图案是一个盾牌饰章，大写"H"字母的周围圈着一头狮子、一只鹰、一只獾和一条蛇。

《哈利·波特与魔法石》
第3章 猫头鹰传书

七月二十八日

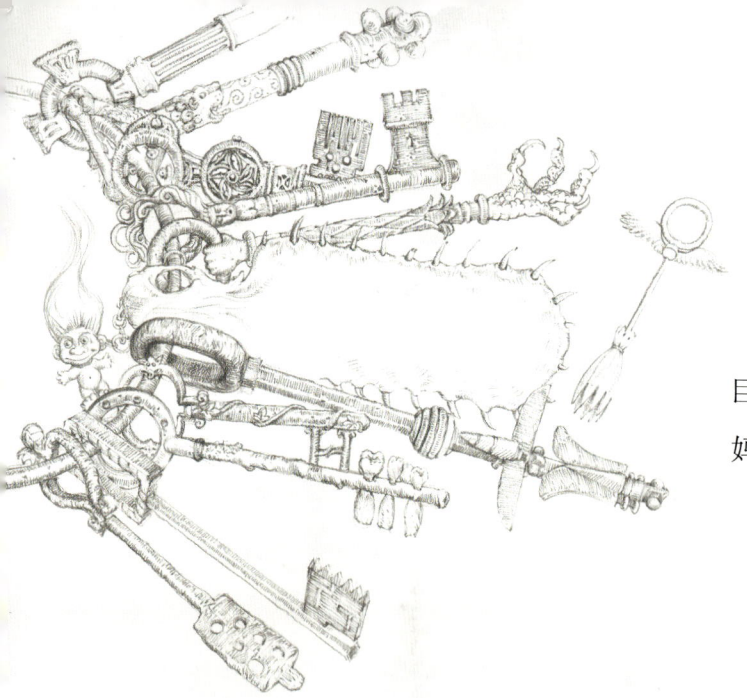

"上次见到你,你还是个小娃娃。"巨人说,"你很像你爸爸,可眼睛像你妈妈。"

—— 鲁伯·海格

《哈利·波特与魔法石》
第4章 钥匙保管员

七月二十九日

他从黑外衣内袋里取出一只稍稍有些压扁的盒子。哈利用颤抖的手将它打开,只见盒子里是一个黏糊糊的巧克力大蛋糕,上边用绿色糖汁写着:祝哈利生日快乐。

《哈利·波特与魔法石》
第4章 钥匙保管员

七月三十日

纳威·隆巴顿的生日

"我们都会坚持战斗的,哈利。你知道吗?"

—— 纳威·隆巴顿

《哈利·波特与死亡圣器》
第34章 又见禁林

七月三十一日

哈利·波特的生日

"哈利,你是一个巫师。"

小屋里鸦雀无声,只听见滚滚的涛声和狂风呼号。

"我是什么?"哈利喘着气说。

《哈利·波特与魔法石》
第4章 钥匙保管员

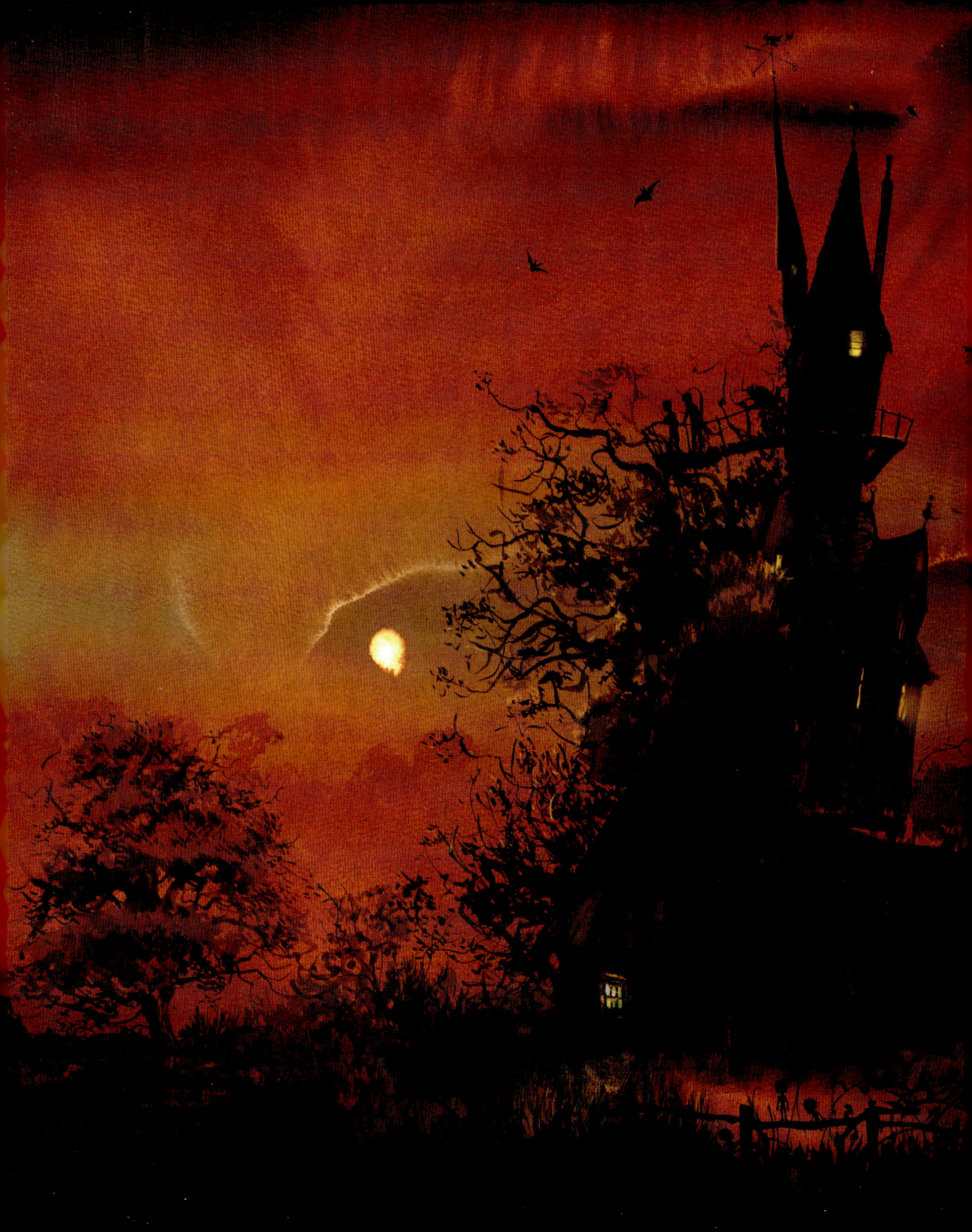

八 月

　　韦斯莱先生变出了一些蜡烛,把渐渐暗下来的园子照亮了,然后大家开始享用家里做的草莓冰淇淋。大家都吃完了,飞蛾低低地在桌子上飞舞,温暖的空气中弥漫着青草和金银花的香气。

八月一日

红房顶上有四五根烟囱,屋前斜插着一个牌子,写着陋居。大门旁扔着一些高帮皮靴,还有一口锈迹斑斑的坩埚。几只褐色的肥鸡在院子里啄食。

《哈利·波特与密室》
第3章 陋居

八月二日

哈利跨过地板上一副自动洗牌的纸牌,朝小窗外面望去。他看见在下面的地里,一群地精正在一个接一个地偷偷钻进韦斯莱家的树篱。

《哈利·波特与密室》
第3章 陋居

八月三日

壁炉架上码着三层书:《给你的奶酪施上魔法》《烤面包的魔法》《做出一桌魔法盛宴!》等。哈利简直怀疑自己的耳朵欺骗了他,他听见水池旁的旧收音机里说:"接下来是'魔法时间',由著名的女巫歌唱家塞蒂娜·沃贝克表演。"

《哈利·波特与密室》
第3章 陋居

八月四日

七点钟的时候,两张桌子在韦斯莱夫人妙手做出的一道道美味佳肴的重压下,嘎吱作响。韦斯莱一家九口,还有哈利和赫敏都坐了下来,在明净的深蓝色夜空下用餐。

《哈利·波特与火焰杯》
第5章 韦斯莱魔法把戏坊

THE LEAKY CAULDRON

DIAGON ALLEY

八月五日

"这些东西我们在伦敦都能买到吗?"哈利大声问。

"只要你知道门径就行。"海格说。

《哈利·波特与魔法石》
第5章 对角巷

八月六日

"往上数三块 —— 再往横里数两块 ——"他小声念叨,"好了,往后站,哈利。"

他用伞头在墙上轻轻敲了三下。

他敲过的那块砖抖动起来,开始移动,中间的地方出现了一个小洞,洞口越变越大。不多时,他们面前就出现了一条足以让海格通过的宽阔的拱道,通向一条蜿蜒曲折、看不见尽头的鹅卵石铺砌的街道。

"欢迎,"海格说,"欢迎来到对角巷。"

《哈利·波特与魔法石》
第5章 对角巷

八月七日

哈利、罗恩和赫敏在卵石铺成的曲折街道上溜达。那些金币、银币和铜币在哈利兜里愉快地响着,大声要求把它们花掉。于是他买了三块大大的草莓花生黄油冰淇淋。他们惬意地吃着冰淇淋在巷子里闲逛,浏览着琳琅满目的商店橱窗。

《哈利·波特与密室》
第4章 在丽痕书店

八月八日

一声响亮的哧啦划破了空气，两本《妖怪们的妖怪书》揪住第三本，把它扯成了两半。

"住手！住手！"经理喊道，把拐棍捅进铁笼，敲打着那些书，使它们分开，"我再也不进这些货了，再也不了！真是闹得一团糟！那次我们买了两百本《隐形术的隐形书》——花了一大笔钱，后来连个影子都没找到……"

《哈利·波特与阿兹卡班囚徒》
第4章 破釜酒吧

八月九日

"怎么会有这样的事，真是太奇妙了。记住，是魔杖选择巫师……我想，你会成就一番大事业的，波特先生……"

——加里克·奥利凡德

《哈利·波特与魔法石》
第5章 对角巷

八月十日

　　从一家晦暗的商店里传出一阵低沉轻柔的呜呜声，门前的招牌上写着：咿啦猫头鹰商店——灰林鸮、鸣角鸮、仓鸮、褐鸮、雪鸮。几个与哈利年龄相仿的男孩鼻尖紧贴着橱窗玻璃，橱窗里摆着飞天扫帚。"看哪，"哈利听见一个男孩说，"那是新型的光轮2000——最高速——"还有的商店出售长袍，有的出售望远镜和哈利从没有见过的稀奇古怪的银器。还有的橱窗里摆满了一篓篓蝙蝠脾脏和鳗鱼眼珠，堆满了咒语书、羽毛笔、一卷卷羊皮纸、药瓶、月球仪……

《哈利·波特与魔法石》

第5章　对角巷

八月十一日

金妮·韦斯莱的生日

"嘿，D.A. 不错，"金妮说，"但我们把全名叫作'邓布利多军'吧，那可是魔法部最害怕的，对吧？"

《哈利·波特与凤凰社》
第18章　邓布利多军

八月十二日

"我真不敢相信！我真不敢相信！哦，罗恩，真是太棒了！级长！家里的每个人都是级长！"

"弗雷德和我算什么？隔壁邻居吗？"乔治愤愤不平地说，他妈妈把他推到一边，张开双臂搂住了她最小的儿子。

《哈利·波特与凤凰社》
第9章　韦斯莱夫人的烦恼

八月十三日

离开厨房时,哈利看见韦斯莱夫人扫了一眼放在洗衣篮里的大钟。所有的指针又全部指向了生命危险。

《哈利·波特与"混血王子"》
第5章 黏痰过多

八月十四日

韦斯莱夫人又用魔杖捅了一下放刀具的抽屉,抽屉猛地弹开了。哈利和罗恩赶紧跳开,只见抽屉里蹿出好几把刀子,在厨房里飞过,开始嚓嚓地切起土豆来。那只簸箕刚才已经把土豆倒进了水池。

《哈利·波特与火焰杯》
第5章 韦斯莱魔法把戏坊

八月十五日

"欢迎乘坐骑士公共汽车——用于运送陷入困境的巫师的紧急交通工具。你只要伸出拿魔杖的手,登上车来,我们就能把你送到你想去的任何地方。我叫斯坦·桑帕克,今晚我是你的售票员——"

售票员突然停住话头。他这才看见仍然坐在地上的哈利。

《哈利·波特与阿兹卡班囚徒》
第3章 骑士公共汽车

八月十六日

"那么，去伦敦要多少钱？"

"十一个西可，"斯坦说，"付十四个就能喝到热巧克力，付十五个能拿到一个热水袋和一把牙刷，颜色随便挑。"

《哈利·波特与阿兹卡班囚徒》
第3章　骑士公共汽车

八月十七日

那些穿着晨衣和便鞋的巫师一个个从上层走了下来，离开了汽车。他们似乎都巴不得赶紧下车。

《哈利·波特与阿兹卡班囚徒》
第3章　骑士公共汽车

八月十八日

"我就知道！"斯坦欢喜地叫了起来，"厄恩！厄恩！你猜纳威是谁，厄恩？是哈利·波特！我看见了他的伤疤！"

《哈利·波特与阿兹卡班囚徒》
第3章　骑士公共汽车

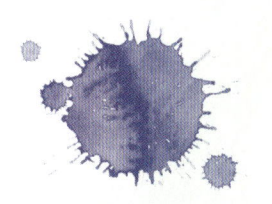

八月十九日

"这位是尼法朵拉——"

"莱姆斯,别叫我尼法朵拉。"那个年轻女巫打了个冷战说道,"我是唐克斯。"

"尼法朵拉·唐克斯更喜欢别人只称呼她的姓。"卢平把话说完。

"如果你的傻瓜妈妈管你叫尼法朵拉,你也会这样的。"唐克斯嘟哝道。

《哈利·波特与凤凰社》
第3章 先遣警卫

八月二十日

"金斯莱·沙克尔也是一个无价之宝。他负责追捕小天狼星,所以他一直向部里提供消息说小天狼星在西藏。"

—— 亚瑟·韦斯莱

《哈利·波特与凤凰社》
第5章 凤凰社

八月二十一日

"噢,亲爱的孩子,我们不会为这样一件小事惩罚你的!"福吉不耐烦地挥着他的烤面饼,大声说道,"这是一起意外事故! 我们不会因为谁吹胀了姑妈就把他送进阿兹卡班的!"

《哈利·波特与阿兹卡班囚徒》
第3章 骑士公共汽车

八月二十二日

珀西·韦斯莱的生日

"真了不起,这份报告会改变世界的。"罗恩说,"我想,《预言家日报》会在头版头条登出来:坩埚渗漏。"

珀西的脸涨成了粉红色。

"你尽管挖苦嘲笑吧,罗恩,"他激动地说,"可是必须颁布实施某种国际法,不然我们就会发现市场上充斥着伪劣产品,坩埚底薄,脆弱易碎,严重危害——"

《哈利·波特与火焰杯》
第5章 韦斯莱魔法把戏坊

八月二十三日

当魔法部部长康奈利·福吉本人驾到时,珀西因鞠躬鞠得太低,眼镜掉在地上,摔得粉碎。他尴尬极了,用魔杖修好镜片,然后就呆呆地坐在座位上。当康奈利·福吉像老朋友一样向哈利打招呼时,珀西朝哈利投去嫉妒的目光。

《哈利·波特与火焰杯》
第8章 魁地奇世界杯赛

八月二十四日

这时,太阳刚刚升起,薄雾渐渐散去,四面八方都是帐篷,一眼望不到头。

《哈利·波特与火焰杯》
第 7 章　巴格曼和克劳奇

八月二十五日

罗恩买了一顶跳舞三叶草的帽子、一个绿色的玫瑰形大徽章,不过他同时也买了保加利亚找球手威克多尔·克鲁姆的小塑像。那个小型的克鲁姆在罗恩手上来来回回地走,皱着眉头瞪着他上方的绿色徽章。

《哈利·波特与火焰杯》
第7章　巴格曼和克劳奇

八月二十六日

"女士们,先生们……欢迎你们的到来! 欢迎你们前来观看第422届魁地奇世界杯赛!"

观众们爆发出一阵欢呼和掌声。成千上万面旗帜同时挥舞,还伴有乱七八糟的国歌声,场面真是热闹非凡。他们对面的黑板上,最后那行广告(比比多味豆——每一口都是一次冒险的经历!)被抹去了,现在显示的是:**保加利亚:0,爱尔兰:0**。

《哈利·波特与火焰杯》
第8章　魁地奇世界杯赛

八月二十七日

"他抓住了——克鲁姆抓住了——比赛结束了!"哈利大叫。

克鲁姆鲜红的袍子上闪烁着斑斑点点的鼻血。他轻盈地升到空中,高高举起拳头,指缝里露出一道金光。

《哈利·波特与火焰杯》
第8章　魁地奇世界杯赛

八月二十八日

当哈利听到风声,得知自己整个夏天可能都要靠胡萝卜过活时,便派海德薇给他的朋友们送信,呼吁援助,他们立刻积极响应。

《哈利·波特与火焰杯》
第3章 邀请

八月二十九日

最好让哈利将你们的答复尽快通过正常方式送达我们,因为麻瓜邮差从来没有给我们家送过信,大概根本不知道我们家在什么地方。

希望很快见到哈利。

你们忠实的

莫丽·韦斯莱

又及:但愿我们贴足了邮票。

《哈利·波特与火焰杯》
第3章 邀请

八月三十日

"不,哈利,你听我说,"赫敏说,"我们要和你一起去。这是几个月前——确切地说是几年前就决定了的。"

"可是——"

"你就闭嘴吧。"罗恩打断了他的话。

《哈利·波特与死亡圣器》
第6章 穿睡衣的食尸鬼

八月三十一日

最后一天晚上,韦斯莱夫人变出了一桌丰盛的晚饭,都是哈利最喜欢吃的东西,最后一道是看了就让人流口水的蜜汁布丁。弗雷德和乔治的费力拔烟火表演使这个夜晚更加完美。厨房里满是红色和蓝色的星星,在天花板和墙壁之间蹦来蹦去至少有半个小时之久。

《哈利·波特与密室》
第5章 打人柳

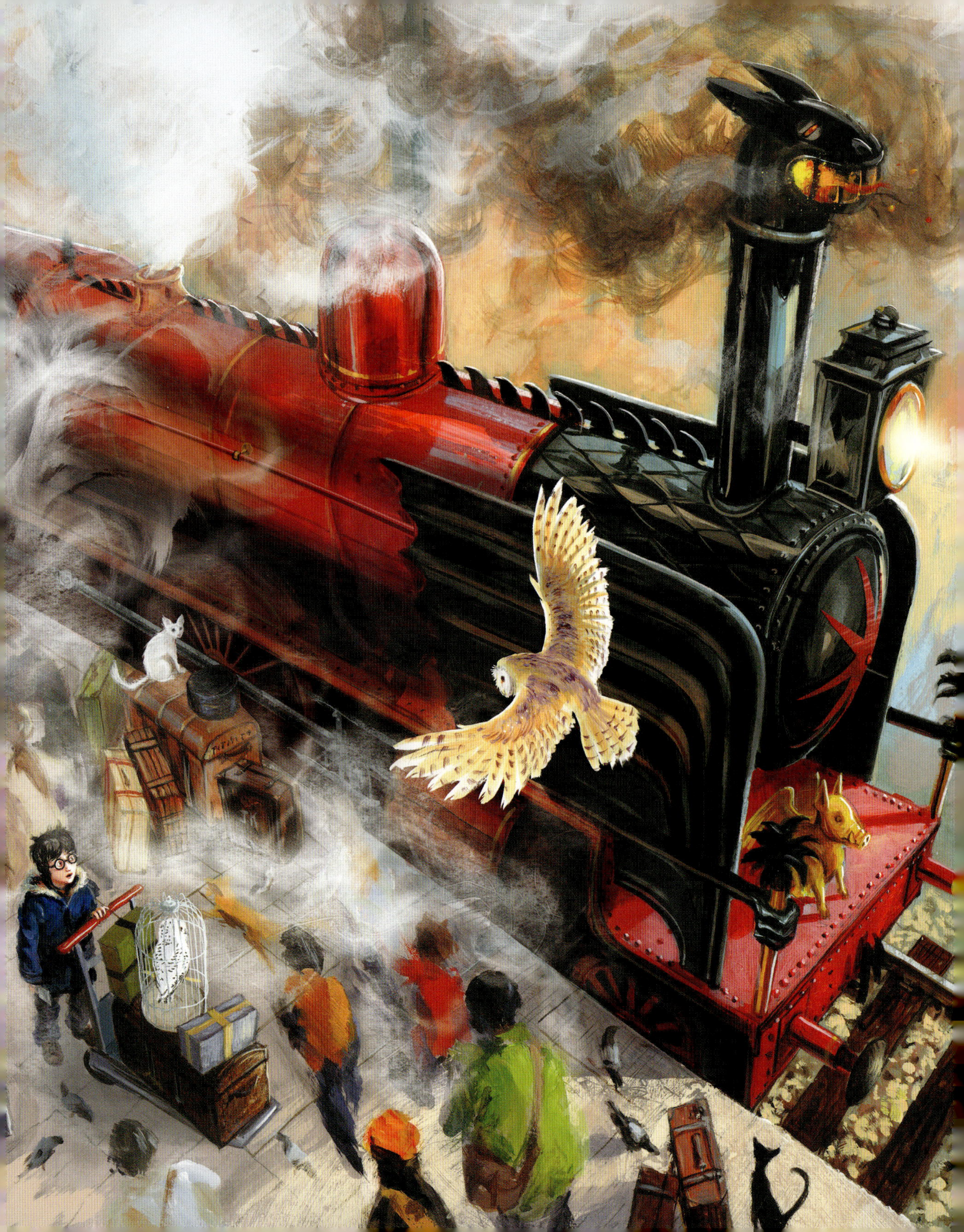

九 月

　　蒸汽机车的浓烟在叽叽喳喳的人群上空缭绕，各种花色的猫在人们脚下穿来穿去。在人群嗡嗡的说话声和拖拉笨重行李的嘈杂声中，猫头鹰也刺耳地鸣叫着，你呼我应。

九月一日

"你只要照直朝第9和第10站台之间的隔墙走就是了。别停下来,别害怕,照直往里冲,这很重要。你要是心里紧张,就一溜小跑。走吧,你先走,罗恩跟着你。"

—— 莫丽·韦斯莱

《哈利·波特与魔法石》
第6章 从 $9\frac{3}{4}$ 站台开始的旅程

九月二日

"奶奶,我又把蟾蜍弄丢了。"

"唉,纳威呀。"他听见一个老太婆叹气说。

《哈利·波特与魔法石》
第6章 从 $9\frac{3}{4}$ 站台开始的旅程

九月三日

"来吧,来一个馅饼。"哈利说。在这之前他没有和别人分享过任何东西,其实也没有人跟他分享。现在跟罗恩坐在一起大嚼自己买来的馅饼和蛋糕(三明治早已放在一边被冷落了),边吃边聊,哈利感觉好极了。

《哈利·波特与魔法石》
第6章 从 $9\frac{3}{4}$ 站台开始的旅程

九月四日

夜幕降临,包厢里的灯亮了,卢娜卷起《唱唱反调》,小心地放进书包,然后转过脸来,目不转睛地盯着包厢里的每个人。

《哈利·波特与凤凰社》
第10章 卢娜·洛夫古德

九月五日

一队小船即刻划过波平如镜的湖面向前驶去。大家都沉默无语,凝视着高入云天的巨大城堡。当他们临近城堡所在的悬崖时,那城堡仿佛耸立在他们头顶上空。

《哈利·波特与魔法石》
第6章 从 $9\frac{3}{4}$ 站台开始的旅程

九月六日

"欢迎你们来到霍格沃茨。"麦格教授说,"开学宴就要开始了,不过在你们到礼堂入座之前,首先要确定一下你们各自进入哪一所学院。分院是一项很重要的仪式,因为你们在校期间,学院就像你们在霍格沃茨的家。"

《哈利·波特与魔法石》
第7章 分院帽

九月七日

"在宴会开始前,我想讲几句话。那就是:笨蛋!哭鼻子!残渣!拧!"

—— 阿不思·邓布利多

《哈利·波特与魔法石》
第7章 分院帽

九月八日

好了,把我好好地扣在头上,
我从来没有看走过眼,
我要看一看你的头脑,
判断你属于哪个学院!

—— 分院帽

《哈利·波特与火焰杯》
第12章 三强争霸赛

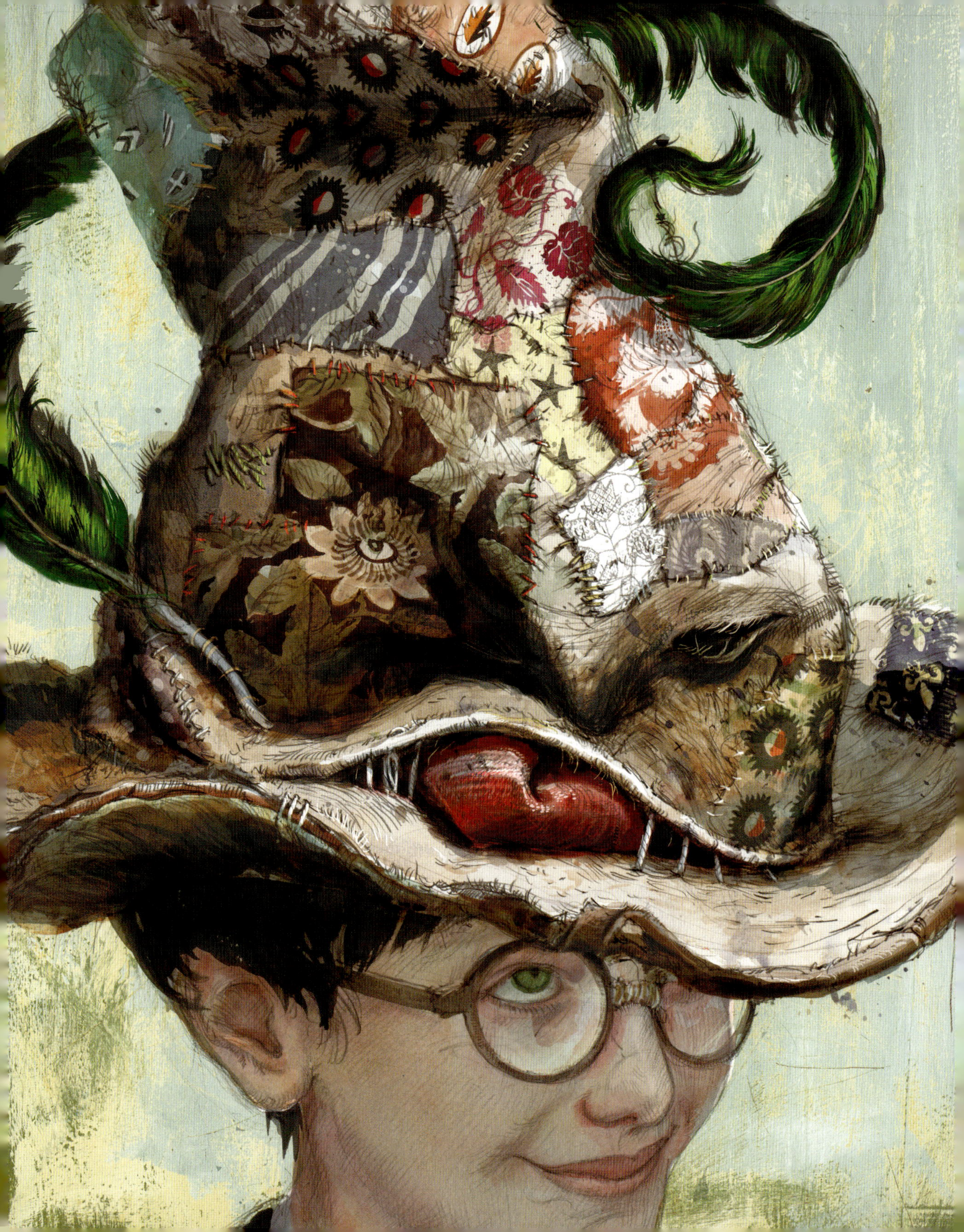

九月九日

走廊尽头挂着一幅肖像，肖像上是一个非常富态的穿着一身粉色衣服的女人。

"口令？"她问。

"龙首。"珀西说。只见这幅画摇摇晃晃地朝前移去，露出墙上的一个圆形洞口。他们都从墙洞里爬了过去——纳威还得有人拉他一把——然后他们就发现已经来到格兰芬多的公共休息室了。这是一个舒适的圆形房间，摆满了软绵绵的扶手椅。

《哈利·波特与魔法石》
第7章　分院帽

九月十日

哈利走上旋转楼梯，脑子里没有别的念头，只想着回到学校有多么高兴。他们来到熟悉的、摆着五张四柱床的圆形宿舍，哈利环顾四周，觉得自己终于到家了。

《哈利·波特与阿兹卡班囚徒》
第5章　摄魂怪

九月十一日

哈利无意中看见罗恩用手在迪安那张西汉姆足球队的海报上捅来捅去，想让队员们都动起来。

《哈利·波特与魔法石》
第9章 午夜决斗

九月十二日

哈利的目光越过此刻空荡荡的公共休息室，看见在月光的映照下，一只雪白的猫头鹰栖息在窗台上。

"海德薇！"他喊道，猛地从椅子上跃起，三步并作两步穿过房间，拉开窗户。

《哈利·波特与火焰杯》
第14章 不可饶恕咒

九月十三日

霍格沃茨的楼梯总共有一百四十二处之多。它们有的又宽又大；有的又窄又小，而且摇摇晃晃；有的每逢星期五就通到不同的地方；有些上到半截，一个台阶会突然消失，你得记住在什么地方应当跳过去。

《哈利·波特与魔法石》
第8章　魔药课老师

九月十四日

"讨厌的一年级小鬼头，半夜三更到处乱逛。啧，啧，啧，淘气，淘气，你们会被抓起来的。"

"不会的，只要你不出卖我们，皮皮鬼，求求你。"

"应该告诉费尔奇，应该。"皮皮鬼一本正经地说，但他眼睛里闪烁着调皮的光芒，"这是为你们好，知道吗？"

《哈利·波特与魔法石》
第9章　午夜决斗

九月十五日

另外，这里还有许多门，如果你不客客气气地请它们打开，或者确切地捅对地方，它们是不会为你开门的；还有些门根本不是真正的门，只是一堵堵貌似是门的坚固的墙壁。想要记住哪些东西在什么地方很不容易，因为一切似乎都在不停地移动。肖像上的人也不断地互访，而且哈利可以肯定，连甲胄都会行走。

《哈利·波特与魔法石》
第8章　魔药课老师

九月十六日

"可霍格沃茨就是隐蔽着的。"赫敏说，显得有些诧异，"大家都知道啊……噢，凡是读过《霍格沃茨：一段校史》的人都应该知道。"

"那就只有你了。"罗恩说，"你再接着说——你怎么能把霍格沃茨这样一座大城堡隐蔽起来呢？"

"它被施了魔法，"赫敏说，"麻瓜望着它，只能看见一堆破败的废墟，入口处挂着一个牌子，写着**危险，不得进入，不安全**。"

《哈利·波特与火焰杯》
第11章　登上霍格沃茨特快列车

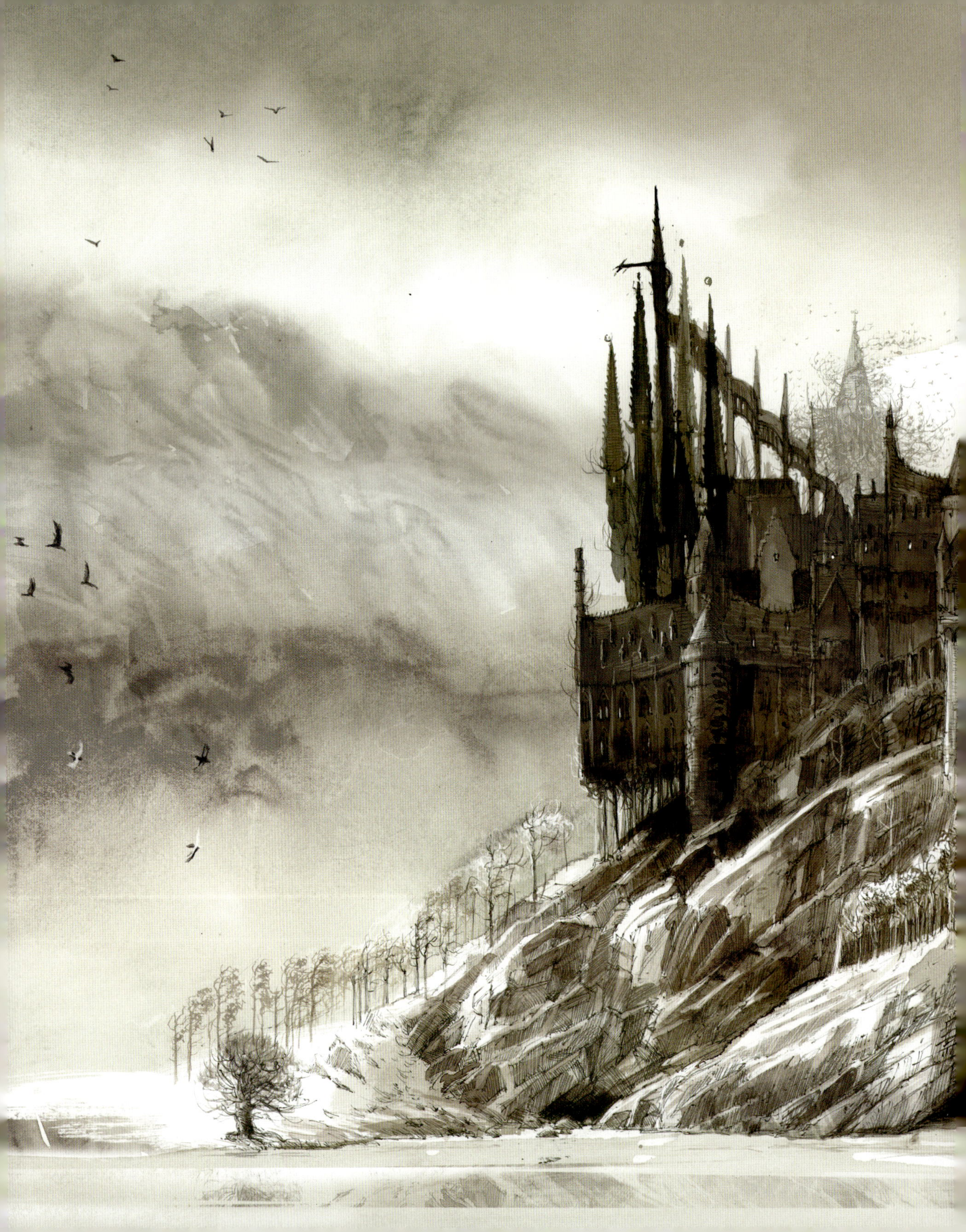

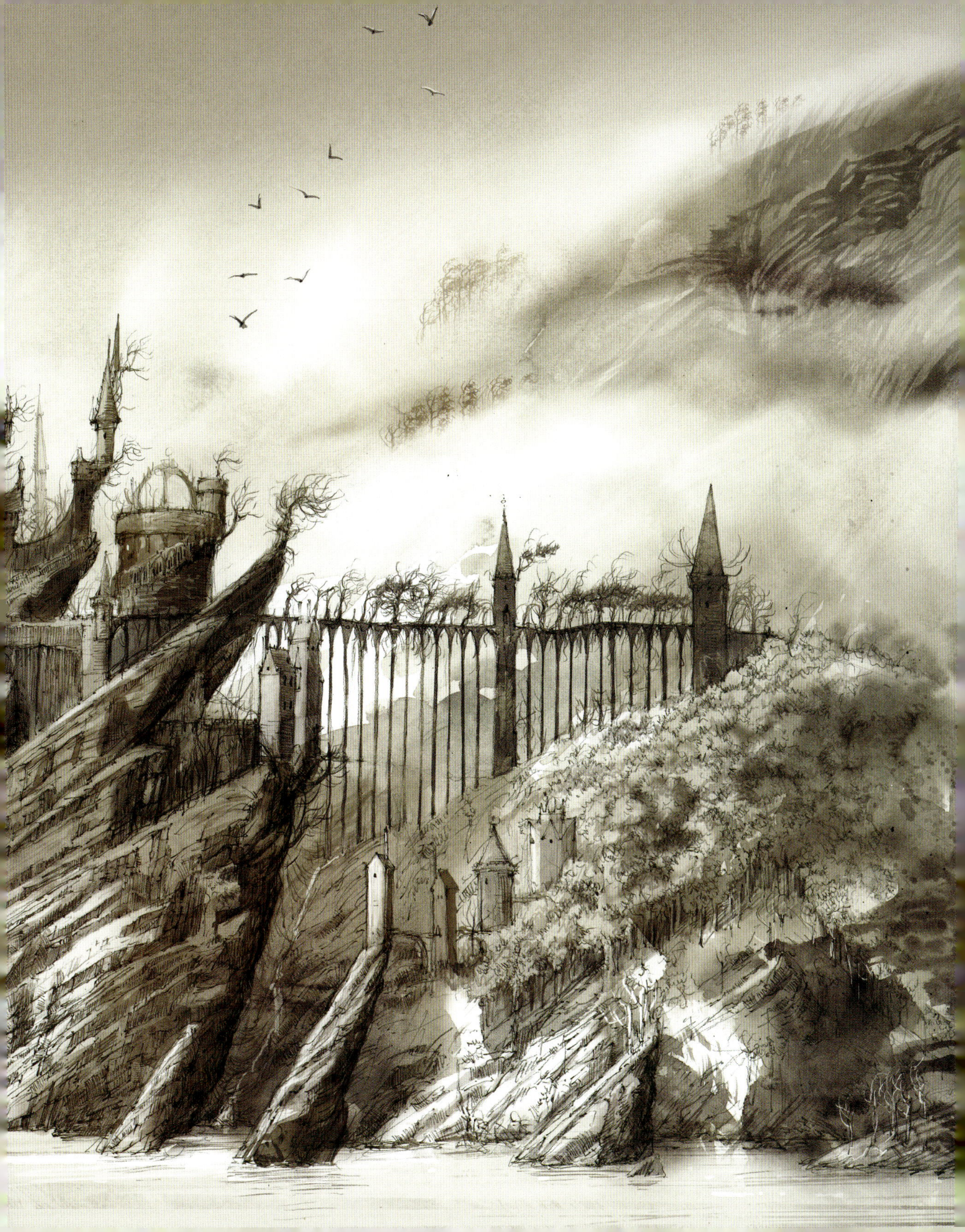

九月十七日

"我家没有一个人懂魔法，所以当我收到入学通知书时，我吃惊极了，但又特别高兴，因为，我的意思是说，据我所知，这是一所最优秀的魔法学校——所有的课本我都背会了，当然，但愿这能够用——我叫赫敏·格兰杰，顺便问一句，你们叫什么名字？"

她连珠炮似的一气说完。

《哈利·波特与魔法石》
第6章 从 $9\frac{3}{4}$ 站台开始的旅程

九月十八日

然而就从那一刻起，赫敏·格兰杰成了他们的朋友。当你和某人共同经历了某件事之后，你们之间不能不产生好感，而打昏一个十二英尺高的巨怪就是这样一件事。

《哈利·波特与魔法石》
第10章 万圣节前夕

九月十九日

赫敏·格兰杰的生日

"但愿你们为自己感到得意。我们都差点被咬死——或者更糟，被学校开除。好了，如果你们没意见的话，我要去睡觉了。"

—— 赫敏·格兰杰

《哈利·波特与魔法石》
第9章 午夜决斗

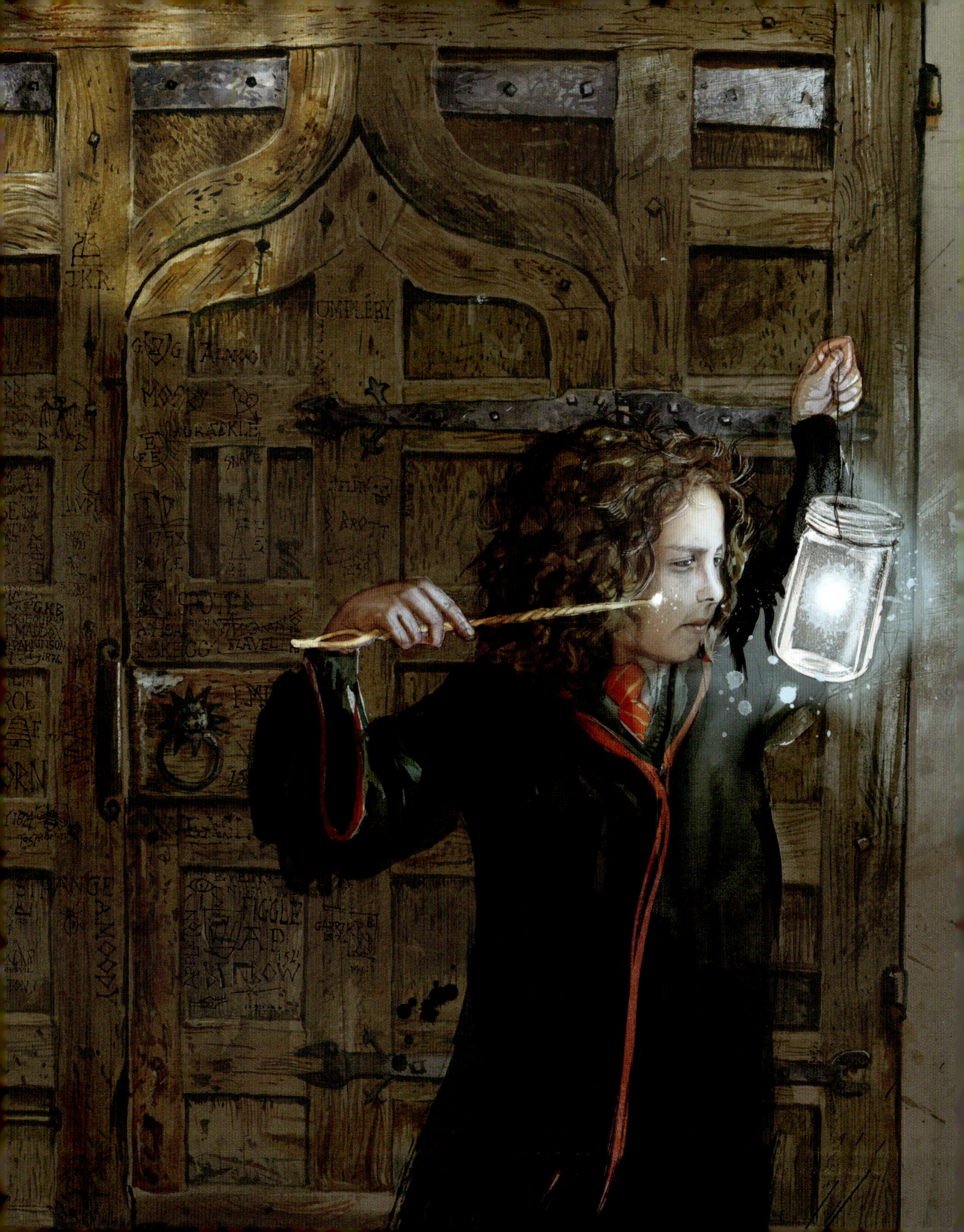
J.K.R.
UMPLEBY

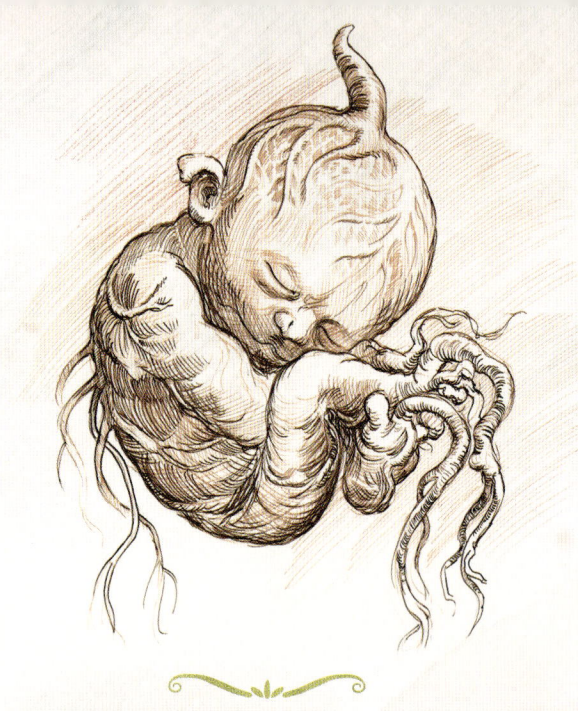

九月二十日

哈利很快发现除了挥动魔杖，念几句好玩的咒语之外，魔法还有许多很高深的学问呢。

《哈利·波特与魔法石》
第8章　魔药课老师

九月二十一日

斯普劳特教授拍拍手上的泥，朝他们竖起两根大拇指，然后摘掉了自己的耳套。

"我们的曼德拉草还只是幼苗，听到它们的哭声不会致命。"她平静地说，好像她刚才只是给秋海棠浇了浇水那么平常。

《哈利·波特与密室》
第6章　吉德罗·洛哈特

九月二十二日

"四个人一盘 —— 这儿有很多花盆 —— 堆肥在那边的袋子里 —— 当心毒触手,它正长牙呢。"

她在一棵长着尖刺的深红色植物上猛拍了一下,使它缩回了悄悄伸向她肩头的触手。

《哈利·波特与密室》
第6章 吉德罗·洛哈特

九月二十三日

幸好哈利还有跟海格一起喝茶这么个盼头,因为魔药课是哈利进霍格沃茨之后最厌烦的一门课程。

《哈利·波特与魔法石》
第8章 魔药课老师

九月二十四日

"您来一块柠檬雪宝糖好吗?"

"一块什么?"

"一块柠檬雪宝糖。这是麻瓜们的一种甜点。我很喜欢。"

《哈利·波特与魔法石》
第1章 大难不死的男孩

九月二十五日

"伤疤今后可能会有用处。我左边膝盖上就有一个疤,是一幅完整的伦敦地铁图。"

—— 阿不思·邓布利多

《哈利·波特与魔法石》
第1章 大难不死的男孩

九月二十六日

"音乐啊,"他擦了擦眼睛说,"比我们在这里所做的一切都更富魅力!"

—— 阿不思·邓布利多

《哈利·波特与魔法石》
第7章 分院帽

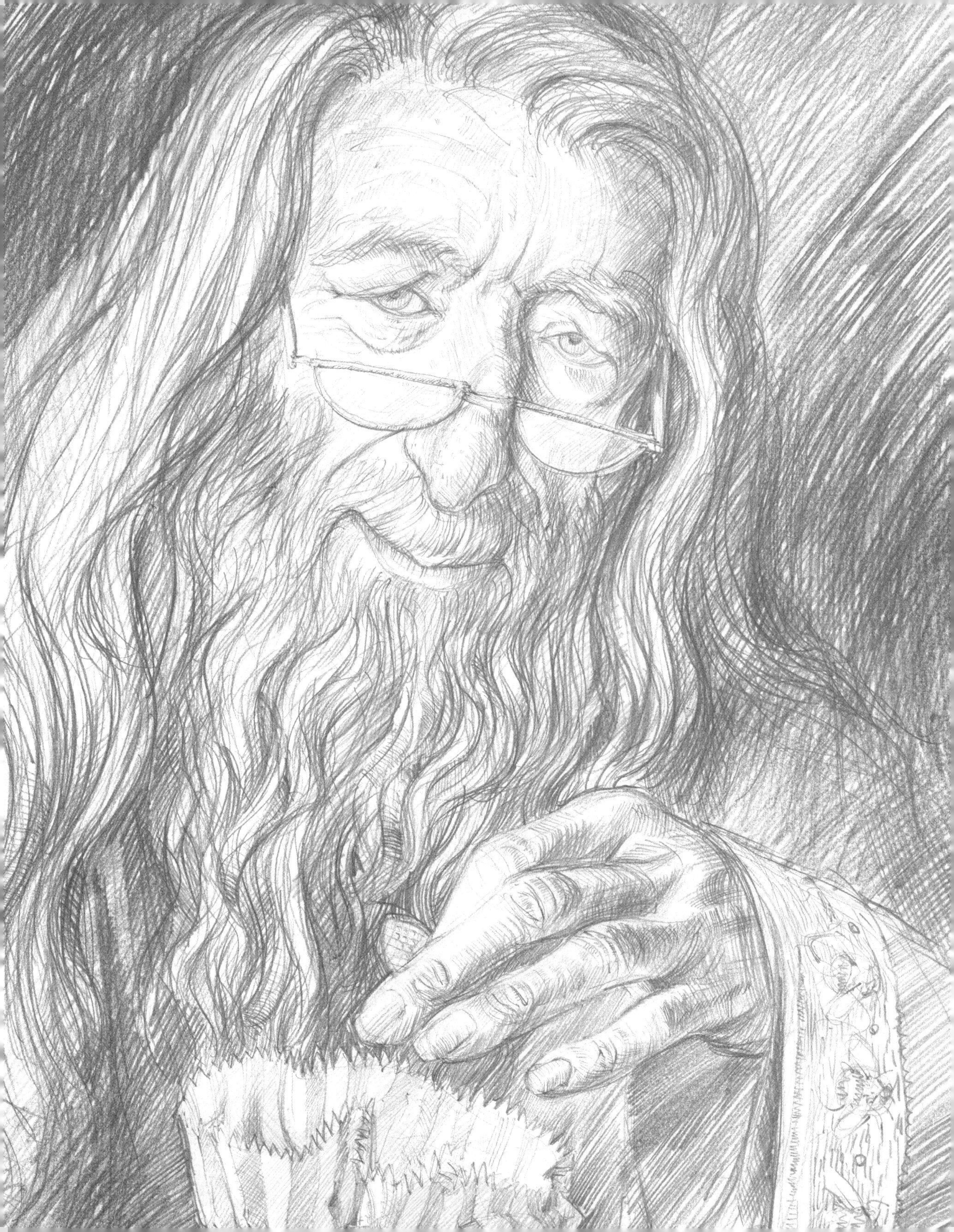

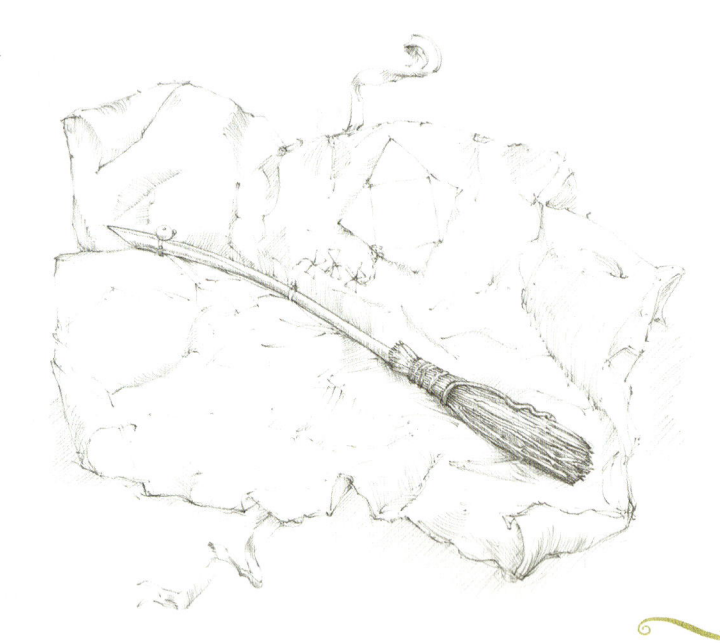

九月二十七日

"当然是发生在你脑子里的事,哈利,但为什么那就意味着不是真的呢?"

——阿不思·邓布利多

《哈利·波特与死亡圣器》
第35章 国王十字车站

九月二十八日

他骑上飞天扫帚,用力蹬了一下地面,于是他升了上去,空气呼呼地刮过他的头发,长袍在身后呼啦啦地飘扬 —— 他心头陡然一阵狂喜,意识到自己发现了一种他可以无师自通的技能 —— 这么容易,这么美妙。

《哈利·波特与魔法石》
第9章 午夜决斗

九月二十九日

马尔福整天大谈特谈飞行。他大声抱怨说一年级新生没有资格参加学院魁地奇球队,他还讲了许多冗长的、自吹自擂的故事,最后总是以他惊险地躲过一架麻瓜的直升机为结束。

《哈利·波特与魔法石》
第9章 午夜决斗

九月三十日

麦格教授从眼镜上方严厉地瞅着哈利。

"我希望听到你在刻苦训练,波特,不然我就改变主意,要惩罚你了。"

接着,她又突然绽开笑容。

"你父亲会为你骄傲的,"她说,"他以前就是一个出色的魁地奇球员。"

《哈利·波特与魔法石》
第9章　午夜决斗

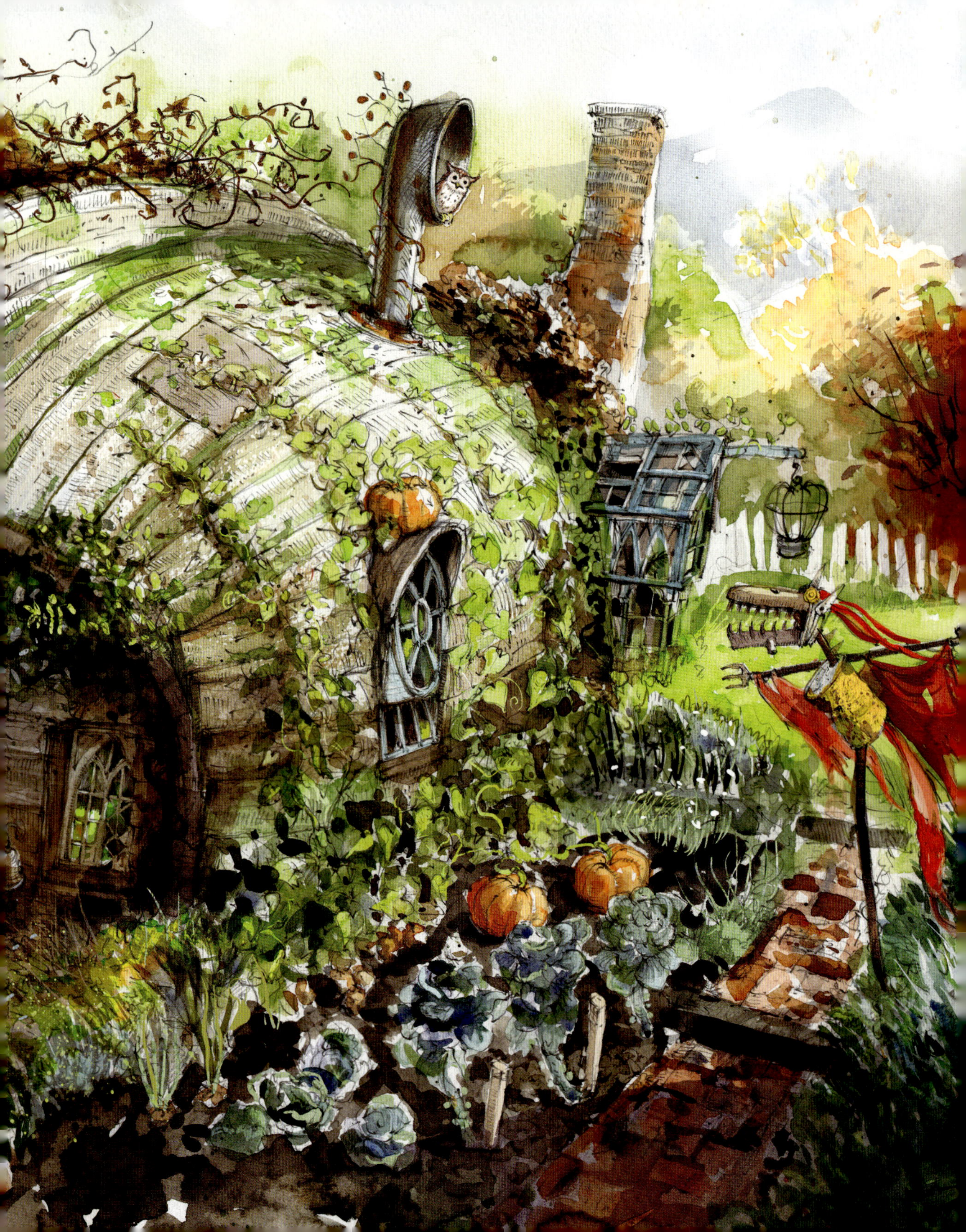

十　月

　　子弹大的雨点噼噼啪啪地打在城堡的窗户上，好几天都没有停止。湖水上涨，花坛里一片泥流，海格种的南瓜一个个膨胀得有花棚那么大。

十月一日

海格把门开了一道缝，露出他满是胡须的大脸。

"等一等。"他说，"往后退，牙牙。"

海格把他们俩让了进去，一边拼命抓住一只庞大的黑色猎狗的项圈。

《哈利·波特与魔法石》
第8章　魔药课老师

十月二日

下午三四点钟的时候，天下起了小雨，他们觉得好舒服啊——坐在温暖的炉火边，听着雨点轻轻敲打玻璃窗，看着海格一边织补他的袜子，一边和赫敏辩论家养小精灵的问题——因为当赫敏把徽章拿给他看时，他断然拒绝加入S.P.E.W.。

《哈利·波特与火焰杯》
第16章　火焰杯

十月三日

小屋后面的菜地里,结了十二个大南瓜。哈利从来没见过这么大的南瓜,每个足有半人高。

"长得还不错吧?"海格喜滋滋地说,"万圣节宴会上用的 —— 到那时就足够大了。"

"你给它们施了什么肥?"哈利问。

海格左右看看有没有人。

"嘿嘿,我给了它们一点儿 —— 怎么说呢 —— 一点儿帮助。"

哈利发现海格那把粉红色的伞靠在小屋后墙上。

《哈利·波特与密室》
第7章 泥巴种和细语

十月四日

麦格教授的生日

"您怎么认出那是我?"她问。

"我亲爱的教授,我从来没有见过一只猫会这样僵硬地待着。"

"您要是在砖墙上坐一整天,您也会变僵硬的。"麦格教授说。

《哈利·波特与魔法石》
第1章 大难不死的男孩

十月五日

"变形术是你们在霍格沃茨所学的课程中最复杂也最危险的魔法。"她说,"任何人要是在我的课堂上调皮捣蛋,我就请他出去,永远不准再进来。我可是警告过你们了。"

然后,她把她的讲桌变成了一头猪,然后又变了回来。学生们个个都被吸引了,恨不能马上开始学,可他们很快就明白,要把家具变成动物,还需要好长一段时间呢。他们记下了一大堆复杂艰深的笔记之后,她发给他们每人一根火柴,开始让他们试着变成一根针。到下课的时候,只有赫敏·格兰杰让她的火柴起了些变化;麦格教授让全班看那根火柴是怎么变成银亮亮的针的,而且一头还很尖,又向赫敏露出了难得的微笑。

《哈利·波特与魔法石》
第8章 魔药课老师

十月六日

星期一吃午饭的时候,三年级学生从变形课考场出来,一个个精神委顿,面色苍白,一边比较着成绩,一边抱怨考题太难,有道题竟要他们把茶壶变成乌龟。

《哈利·波特与阿兹卡班囚徒》
第16章 特里劳尼教授的预言

十月七日

"都同意 D.A. 吗?"赫敏像主持人似的问,一边跪起来数人头,"大多数——动议通过了。"

她把签着所有人名字的羊皮纸钉到墙上,在顶端用大字通栏写道:

邓布利多军

《哈利·波特与凤凰社》
第18章 邓布利多军

十月八日

"我们认为,乌姆里奇之所以不让我们练习黑魔法防御术,"赫敏说,"是因为她脑子里有一些……一些荒唐的想法,以为邓布利多会利用学校的学生组成一支秘密军队。她以为邓布利多会鼓动我们去对抗魔法部。"

《哈利·波特与凤凰社》
第16章 在猪头酒吧

十月九日

墙边是一溜木书架,地上没有椅子,但放着缎面的大坐垫。屋子另一头的架子上摆着窥镜、探密器等各种仪器,还有一面有裂缝的大照妖镜,哈利确信就是去年挂在假穆迪办公室里的那面。

《哈利·波特与凤凰社》
第18章 邓布利多军

十月十日

"除你武器!"纳威喝道,哈利猝不及防,魔杖脱手飞出。

"我成功了!"纳威欢喜地说,"以前从来没有 —— 我成功了!"

《哈利·波特与凤凰社》
第18章 邓布利多军

十月十一日

窗外仍然下着倾盆大雨,天已经黑得像墨汁一样,但屋里却是明亮而欢快的。火光映照着无数把柔软的扶手椅,人们坐在椅子上看书、聊天、做家庭作业。弗雷德和乔治·韦斯莱这对孪生兄弟呢,他们正在研究如果给一只火蜥蜴吃一些费力拔烟火,会出现什么效果。

《哈利·波特与密室》
第8章 忌辰晚会

十月十二日

克鲁克山溜达着走过来,轻巧地跳上一把空椅子,用深奥莫测的目光望着哈利,那神情很像赫敏 —— 如果赫敏知道他们做家庭作业时投机取巧,也会露出这样的神情。

《哈利·波特与火焰杯》
第14章 不可饶恕咒

十月十三日

"它非得当着我们的面吃那玩意儿吗？"罗恩皱着眉头问。

"聪明的克鲁克山，这是你自己抓住的吗？"赫敏说。

克鲁克山慢慢地把蜘蛛嚼着吃了，一双黄眼睛傲慢地盯着罗恩。

《哈利·波特与阿兹卡班囚徒》
第8章　胖夫人逃跑

十月十四日

"抓住那只猫！"罗恩喊道，这时克鲁克山丢下散乱的书包，蹿到桌子那头，开始追赶惊慌失措的斑斑。

《哈利·波特与阿兹卡班囚徒》
第8章　胖夫人逃跑

十月十五日

他抓到的飞贼在公共休息室里一圈一圈地飞着，人们像被催眠了似的盯着它看。克鲁克山从这把椅子跳到那把椅子，想要抓住它。

《哈利·波特与凤凰社》
第19章　狮子与蛇

十月十六日

三个人注视着那些小鸟在头顶上飞来飞去，闪闪发亮——闪闪发亮？

"它们根本不是什么鸟！"哈利突然说道，"它们是钥匙！带翅膀的钥匙——你们仔细看看。"

《哈利·波特与魔法石》
第16章　穿越活板门

十月十七日

弗立维教授的生日

"好了，千万不要忘记我们一直在训练的那个微妙的手腕动作！"弗立维教授像往常一样站在他的那堆书上，尖声说道，"一挥一抖，记住，一挥一抖。念准咒语也非常重要——千万别忘了巴鲁费奥巫师，他把'f'说成了's'，结果发现自己躺在地板上，胸口上站着一头水牛。"

《哈利·波特与魔法石》
第10章　万圣节前夕

十月十八日

赫敏卷起衣袖，挥动着魔杖，说道："羽加迪姆　勒维奥萨！"

他们的那根羽毛从桌上升了起来，飘悬在头顶上方四英尺的地方。

《哈利·波特与魔法石》
第10章　万圣节前夕

十月十九日

当然,《第二十六号教育令》禁止教师们提起这篇采访,但他们还是以各种方式表达了自己的感情。当哈利递给斯普劳特教授一个喷壶时,她给格兰芬多加了二十分。弗立维教授在魔咒课结束时笑眯眯地塞给哈利一盒会尖叫的糖老鼠,说了一声"嘘!"就急忙走开了。

《哈利·波特与凤凰社》
第26章 梦境内外

十月二十日

这时哈利非常满意地看到,衣冠不整、被烟火熏黑了的乌姆里奇正步履蹒跚、满脸是汗地走出弗立维教授的教室。

"非常感谢你,教授!"弗立维教授用尖细的声音说,"当然了,我自己能够清除这些烟火棍,但是我不能肯定自己是否有这个权力。"

他满脸笑容,当着脸上乌七八糟的乌姆里奇的面关上了教室的门。

《哈利·波特与凤凰社》
第28章 斯内普最痛苦的记忆

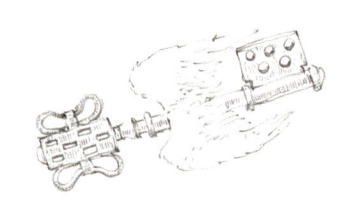

十月二十一日

教工和学生中间突然流行起了感冒，弄得校医庞弗雷女士手忙脚乱。她的提神剂有着立竿见影的效果，不过喝下这种药水的人，接连几个小时耳朵里会冒烟。

《哈利·波特与密室》
第8章　忌辰晚会

十月二十二日

"第一次去霍格莫德过周末。"罗恩指着破破烂烂的布告栏上新贴出的一张通告，说，"十月底。万圣节前夕。"

《哈利·波特与阿兹卡班囚徒》
第8章　胖夫人逃跑

十月二十三日

他和罗恩星期天又花了不少时间赶家庭作业，虽然这很难说是乐趣，但秋天最后的灿烂阳光依旧照耀着，所以他们没有伏在公共休息室的书桌前，而是把作业拿到外面，坐在湖边一棵大山毛榉树底下。

《哈利·波特与凤凰社》
第17章　第二十四号教育令

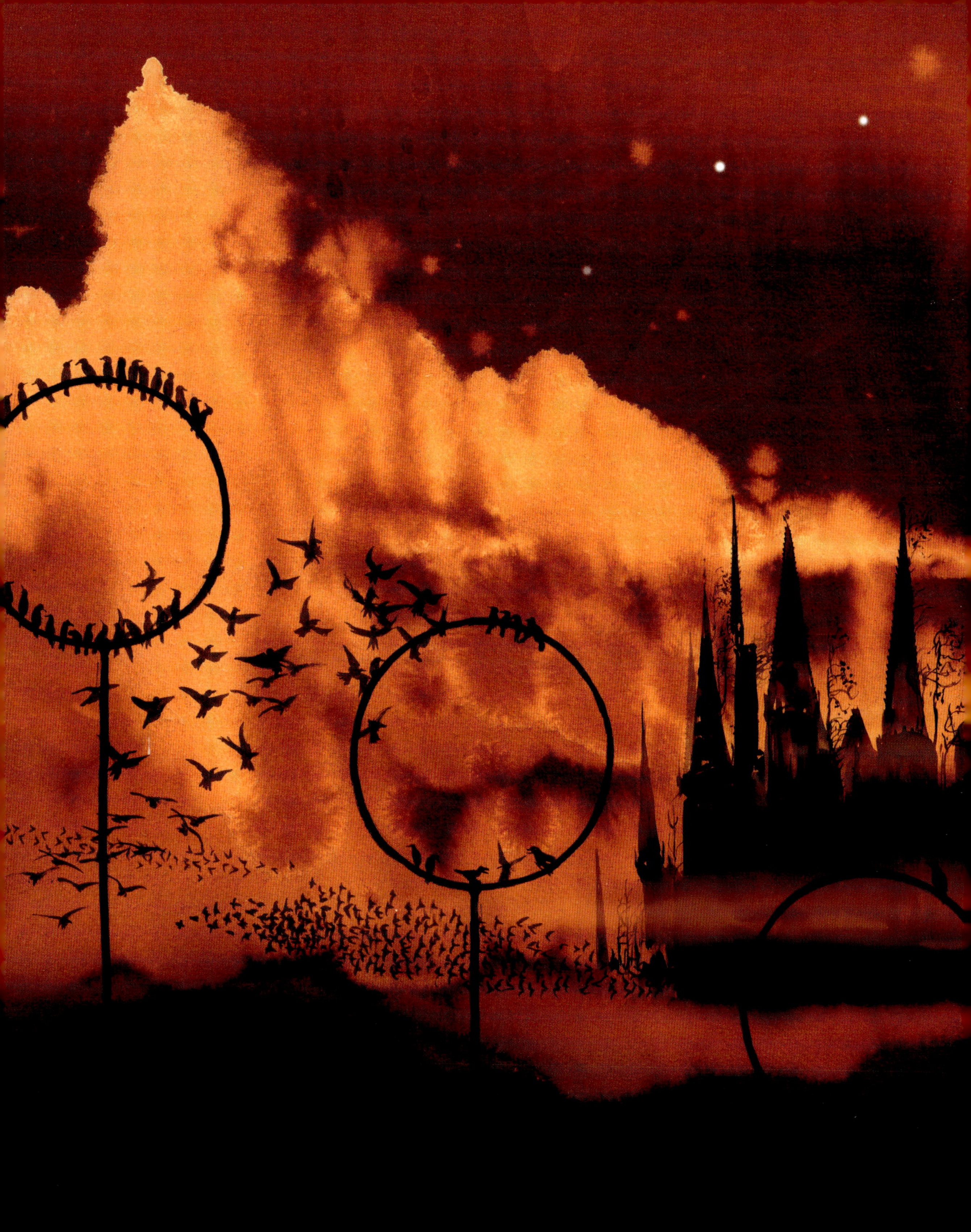

十月二十四日

"好吧,今年的万圣节前夕将是我的五百岁忌辰。"差点没头的尼克说着,挺起了胸膛,显出一副高贵的样子。

"噢,"哈利说,对这个消息,他不知道是应该表示难过还是高兴,"是吗?"

《哈利·波特与密室》
第8章 忌辰晚会

十月二十五日

"我要在一间比较宽敞的地下教室里开一个晚会。朋友们将从全国各地赶来。如果你也能参加,我将不胜荣幸。"

—— 差点没头的尼克

《哈利·波特与密室》
第8章 忌辰晚会

十月二十六日

地下教室里挤满了几百个乳白色的、半透明的身影,他们大多在拥挤不堪的舞场上游来荡去,和着三十把乐锯发出的可怕而颤抖的声音跳着华尔兹舞,演奏乐锯的乐队就坐在铺着黑布的舞台上。

《哈利·波特与密室》
第8章 忌辰晚会

十月二十七日

  大块大块已经腐烂的鱼放在漂亮的银盘子里，漆黑的、烤成焦炭的蛋糕堆满了大托盘；还有大量长满蛆虫的肉馅羊肚，一块长满了绿毛的奶酪。在桌子的正中央，放着一块巨大的墓碑形的灰色蛋糕，上面用焦油状的糖霜拼出了这样的文字：

   尼古拉斯·德·敏西-波平顿爵士

   逝于1492年10月31日

《哈利·波特与密室》
第8章　忌辰晚会

十月二十八日

　　万圣节前夕,他们一早醒来,就闻到走廊里飘着一股香甜诱人的烤南瓜的气味。

《哈利·波特与魔法石》
第10章　万圣节前夕

十月二十九日

　　学校里的其他同学都在高兴地期待万圣节的宴会;礼堂里已经像平常那样,用活蝙蝠装饰起来了。海格种的巨大南瓜被雕刻成了一盏盏灯笼,大得可以容三个人坐在里面。人们还传言说,邓布利多预订了一支骷髅舞蹈团,给大家助兴。

《哈利·波特与密室》
第8章　忌辰晚会

十月三十日

莫丽·韦斯莱的生日

　　韦斯莱夫人把药水放在床头柜上,弯下腰,伸手搂住哈利。哈利从不记得有谁这样搂抱过自己,就像母亲一样。

《哈利·波特与火焰杯》
第36章　分道扬镳

十月三十一日

万圣节前夕

差点没头的尼克的忌日

宴会的结尾是霍格沃茨幽灵们表演的节目。他们纷纷从墙壁和桌子里蹿出来，组成各种阵形表演滑行。格兰芬多的差点没头的尼克把他的砍头经历又重演了一遍，大获成功。

《哈利·波特与阿兹卡班囚徒》
第8章　胖夫人逃跑

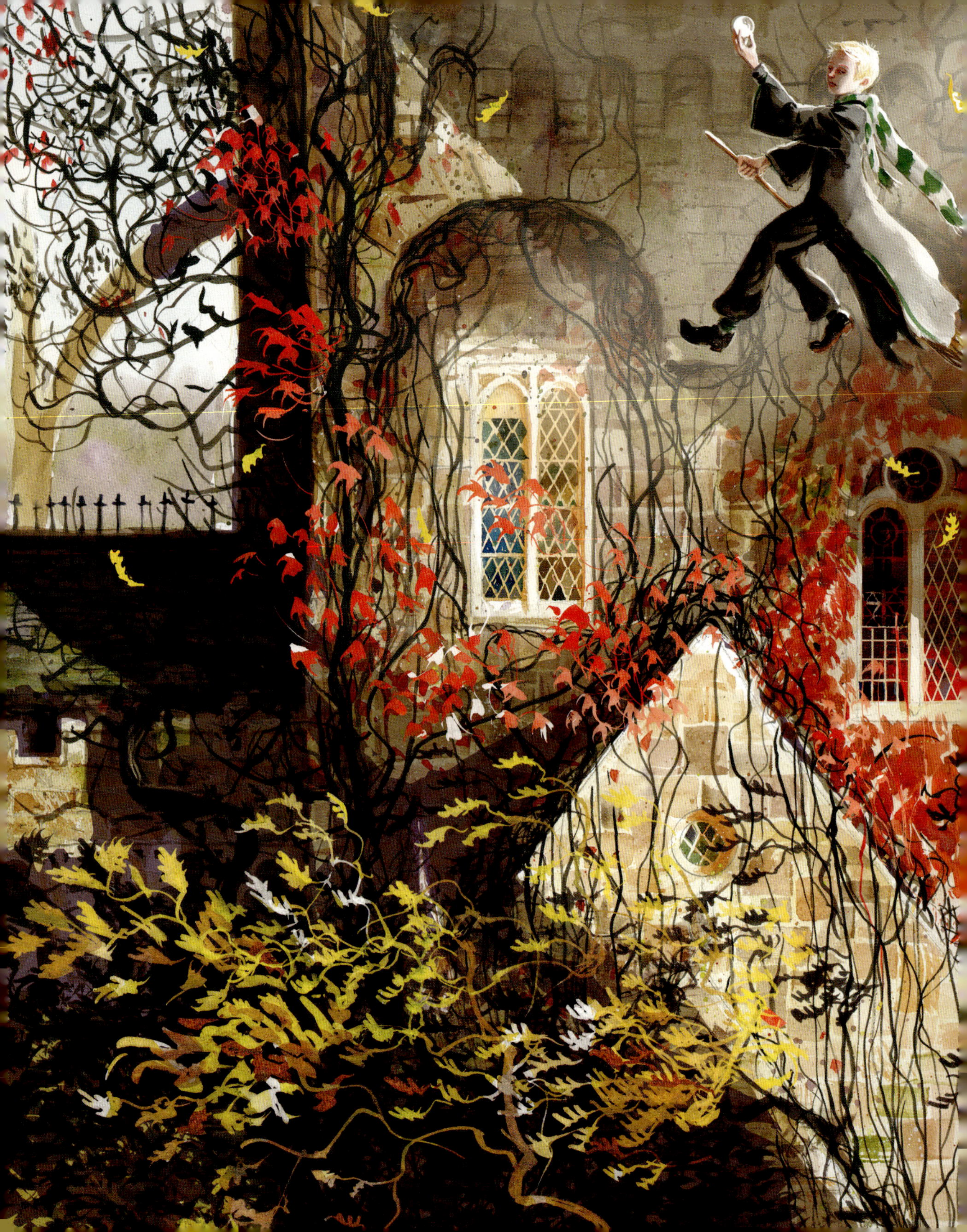

十一月

  进入十一月后,天气变得非常寒冷。学校周围的大山上灰蒙蒙的,覆盖着冰雪,湖面像淬火钢一样又冷又硬。每天早晨,地面都有霜冻。

十一月一日

　　刹那间,大黑狗靠两条后腿站了起来,把前爪搭在哈利的肩膀上,但韦斯莱夫人一把将哈利推向车门,一边压低声音说:"看在老天的分儿上,小天狼星,你得更像一条狗的样子!"

《哈利·波特与凤凰社》
第10章　卢娜·洛夫古德

十一月二日

　　坐在哈利旁边的小天狼星发出他惯常的那种短促刺耳的笑声。

　　"没有人会选我当级长的,我花了那么多时间跟詹姆一起关禁闭。卢平是个好孩子,他得到了徽章。"

《哈利·波特与凤凰社》
第9章　韦斯莱夫人的烦恼

十一月三日

小天狼星布莱克的生日

"如果你想了解一个人的为人,就要留意他是如何对待他的下级的,而不能光看他如何对待与他地位相等的人。"

—— 小天狼星布莱克

《哈利·波特与火焰杯》
第27章 大脚板回来了

十一月四日

"相信我,哈利。我从来没有出卖过詹姆和莉莉,我宁死也不会出卖他们。"

—— 小天狼星布莱克

《哈利·波特与阿兹卡班囚徒》
第19章 伏地魔的仆人

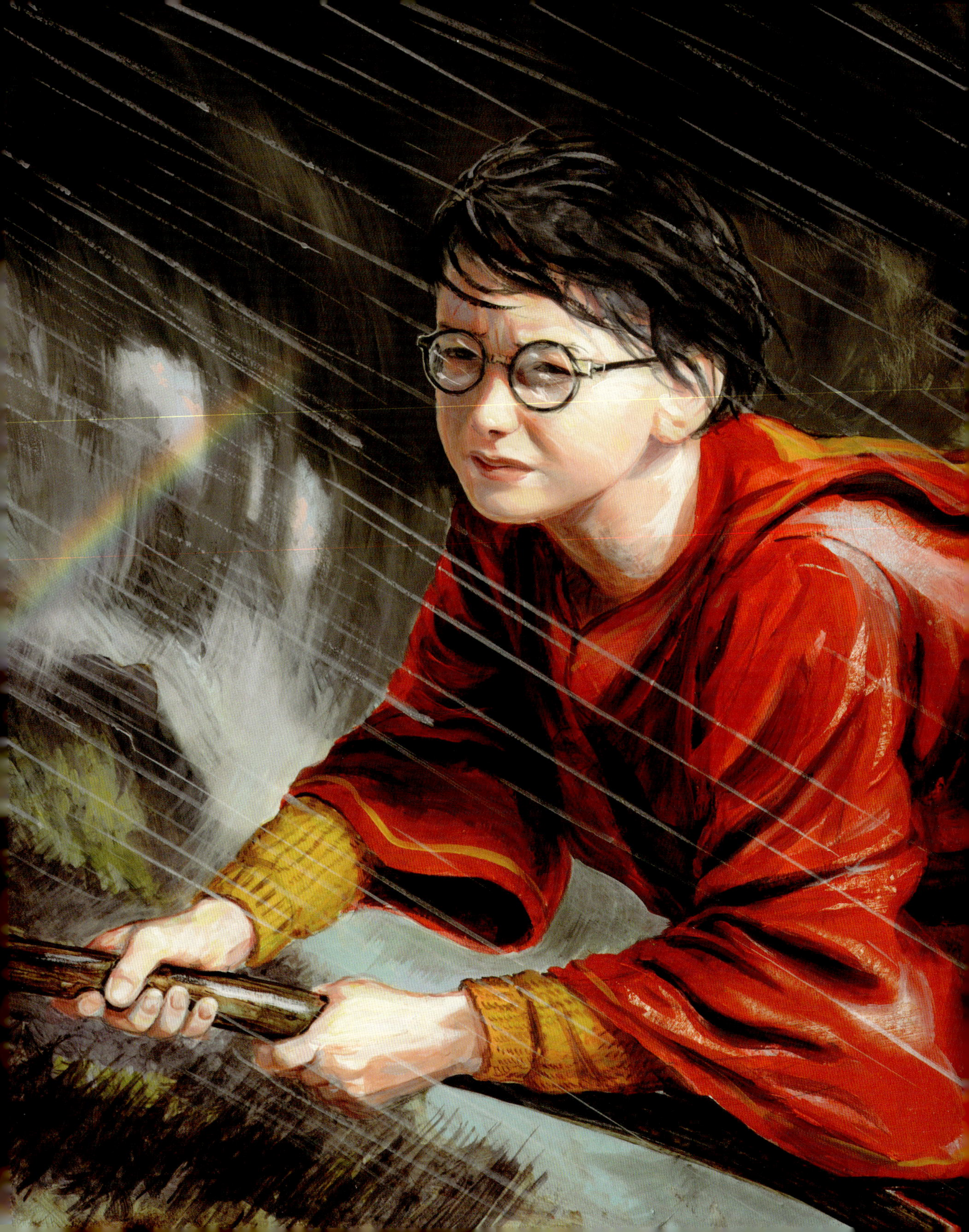

十一月五日

到了公共休息室,风暴的声音更响了。哈利心里很清楚比赛不会被取消。魁地奇比赛是不会因为雷电风暴这样的小事而取消的。

《哈利·波特与阿兹卡班囚徒》
第9章 不祥的失败

十一月六日

霍琦女士哨声吹响,哈利双脚一蹬,飞上天空。他听见脑后嗖嗖直响,知道那只游走球又追来了。

《哈利·波特与密室》
第10章 失控的游走球

十一月七日

许多人在看着她,有的公然笑着对她指指点点。她搞了一顶狮头形状的帽子,有真狮子头那么大,摇摇欲坠地戴在头上。

"我支持格兰芬多,"卢娜不必要地指着她的帽子说,"看它会干什么……"

她伸手用魔杖敲了敲帽子,狮头张开大嘴,发出一声逼真的狮吼,把周围人都吓了一跳。

《哈利·波特与凤凰社》
第19章 狮子与蛇

十一月八日

"……所以,"斯拉格霍恩最后说,"我要你们每人来我的讲台上拿一个小瓶子,在下课前必须配出瓶中毒药的解药。祝你们好运,别忘了戴防护手套!"

《哈利·波特与"混血王子"》
第18章　生日的意外

十一月九日

他们正在往数不清的伤处抹白鲜香精,痛得直皱眉头。

《哈利·波特与死亡圣器》
第27章　最后的隐藏之处

十一月十日

队员们带来了蛋糕、糖果和几瓶南瓜汁。他们围在哈利床边,正要开一个很快乐的晚会,不料庞弗雷女士咆哮着冲了进来:"这孩子需要休息,他有三十三块骨头要长呢!出去!**出去!**"

《哈利·波特与密室》
第10章　失控的游走球

十一月十一日

"嗯，至少，他应该吃些巧克力。"庞弗雷女士说，这会儿她又在观察哈利的眼睛了。

"我已经吃了点儿，"哈利说，"卢平教授给了我一些。他把巧克力分给了我们大家。"

"是吗？"庞弗雷女士赞许地说，"我们终于有了一位知道对症下药的黑魔法防御术课老师了。"

《哈利·波特与阿兹卡班囚徒》
第5章 摄魂怪

十一月十二日

斯内普教授逼着他们研究解药。谁都不敢掉以轻心，因为斯内普教授暗示说，他将在圣诞节前给他们中间的一个人下毒，看看他们的解药是否管用。

《哈利·波特与火焰杯》
第15章 布斯巴顿和德姆斯特朗

十一月十三日

"我们到三把扫帚去喝一杯黄油啤酒怎么样?
天气有点儿冷了,是不是?"

—— 赫敏·格兰杰

《哈利·波特与火焰杯》
第19章 匈牙利树蜂

十一月十四日

离开佐科时,他们的钱包比来时轻了许多,但口袋里都塞满了粪弹、打嗝糖、蛙卵肥皂,每人还有一只咬鼻子茶杯。

《哈利·波特与阿兹卡班囚徒》
第14章 斯内普怀恨在心

十一月十五日

许多猫头鹰栖在那里向他轻声叫唤,起码有三百只。从大灰枭到斯科普小猫头鹰(仅送当地邮件),什么都有,斯科普小得都可以托在哈利的掌心里。

《哈利·波特与阿兹卡班囚徒》
第14章 斯内普怀恨在心

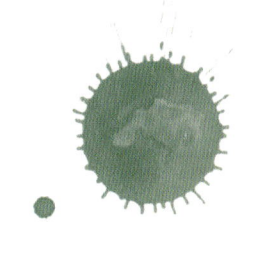

十一月十六日

"自从我拒绝伏地魔之后,就没有一个黑魔法防御术教师能教满一年以上。"

——阿不思·邓布利多

《哈利·波特与"混血王子"》
第20章 伏地魔的请求

十一月十七日

"我确实先想到了伏地魔,"哈利坦诚地说,"可是后来我……我想起了那些摄魂怪。"

"我明白了,"卢平若有所思地说,"是啊,嗯……挺不寻常的。"看到哈利脸上惊讶的神情,他微微笑了笑,"这就说明,你最恐惧的是——恐惧本身。很有智慧,哈利。"

《哈利·波特与阿兹卡班囚徒》
第8章 胖夫人逃跑

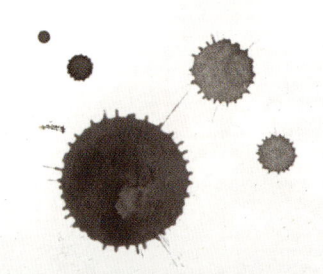

十一月十八日

"那么,既然没有破解咒,我为什么要向你们展示这些呢? 因为你们必须有所了解。你们必须充分意识到什么是最糟糕的。你们不希望发现自己遇到现在面对的情形吧。**时刻保持警惕!**"

—— 疯眼汉穆迪

《哈利·波特与火焰杯》
第14章 不可饶恕咒

十一月十九日

"我只在《至毒魔法》的序言中找到了这个,你听 —— 关于魂器这一最邪恶的魔法发明,在此不加论述,亦不予指导……"

—— 赫敏·格兰杰

《哈利·波特与"混血王子"》
第18章 生日的意外

十一月二十日

　　天空和礼堂的天花板变成了淡淡的苍灰色,霍格沃茨周围的群山戴上了雪帽,城堡里的气温下降了那么多,课间在走廊上时,许多学生都戴着厚厚的火龙皮手套。

《哈利·波特与凤凰社》
第19章　狮子与蛇

十一月二十一日

穿着隐形衣在人群里穿行非常困难，说不定会无意间踩到什么人的脚，引起一些令人尴尬的麻烦。

《哈利·波特与火焰杯》
第19章　匈牙利树蜂

十一月二十二日

"你的脑袋在霍格莫德做什么，波特？"斯内普轻声问，"你的脑袋不可以进入霍格莫德。你身体的任何部分都不可以进入霍格莫德。"

《哈利·波特与阿兹卡班囚徒》
第14章　斯内普怀恨在心

十一月二十三日

"快过去，快过去！"珀西在人群后面喊道，"新的口令是吉星高照！"

"哦，倒霉。"纳威·隆巴顿垂头丧气地说。他总是记不住口令。

《哈利·波特与阿兹卡班囚徒》
第5章　摄魂怪

十一月二十四日

三强争霸赛第一个项目比赛日

现在要做他必须做的事情了……排除杂念,完全地、绝对地集中意念,想着那件东西,那是他唯一的希望……

他举起魔杖。

"火弩箭飞来!"他喊道。

《哈利·波特与火焰杯》
第20章　第一个项目

十一月二十五日

"待在那里别动,海格!"靠近栅栏的一位巫师喊道,一边紧紧拽住手里的链条,"它们喷火能喷二十英尺远,你知道的! 我看见这条树蜂喷过四十英尺!"

"真漂亮啊!"海格柔声细气地说。

《哈利·波特与火焰杯》
第19章　匈牙利树蜂

十一月二十六日

塞德里克把手伸进布袋,掏出来的是那条灰蓝色的瑞典短鼻龙,脖子上系的号码是一号。哈利知道留给自己的是什么了,他把手伸进绸布口袋,掏出了那条匈牙利树蜂,是四号。

《哈利·波特与火焰杯》
第20章　第一个项目

十一月二十七日

在围场的另一端，赫然耸立着那条匈牙利树蜂。它低低地蹲伏着，守着它的那一窝蛋，翅膀收拢了一半，那双恶狠狠的黄眼睛死死盯着哈利。这是一条无比庞大、周身覆盖着鳞甲的黑色类蜥蜴爬行动物。它剧烈扭动着长满尖刺的尾巴，在坚硬的地面上留下几米长的坑坑洼洼的痕迹。

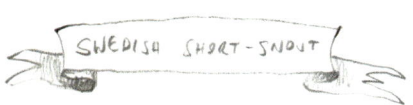

《哈利·波特与火焰杯》
第20章　第一个项目

SWEDISH SHORT-SNOUT

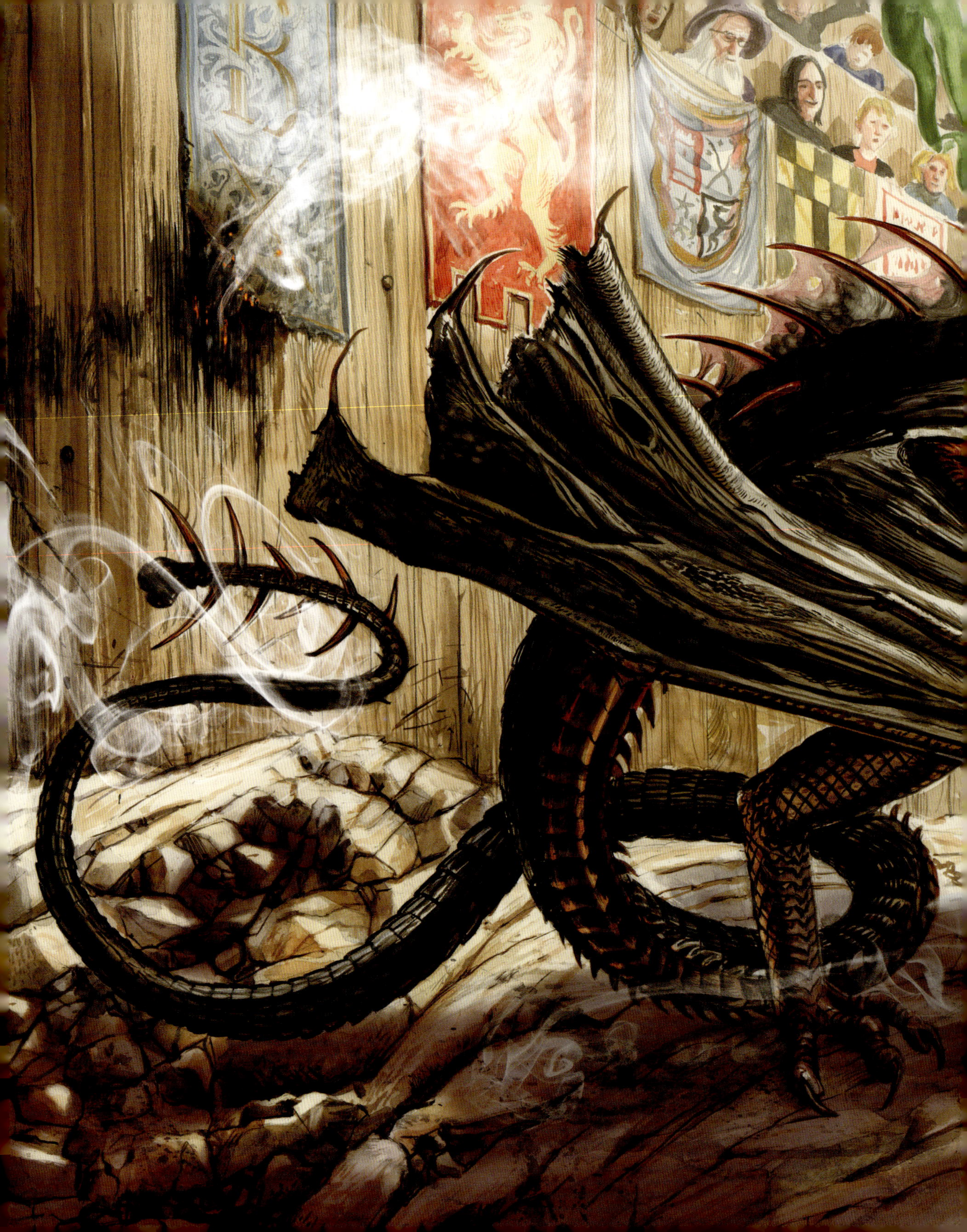

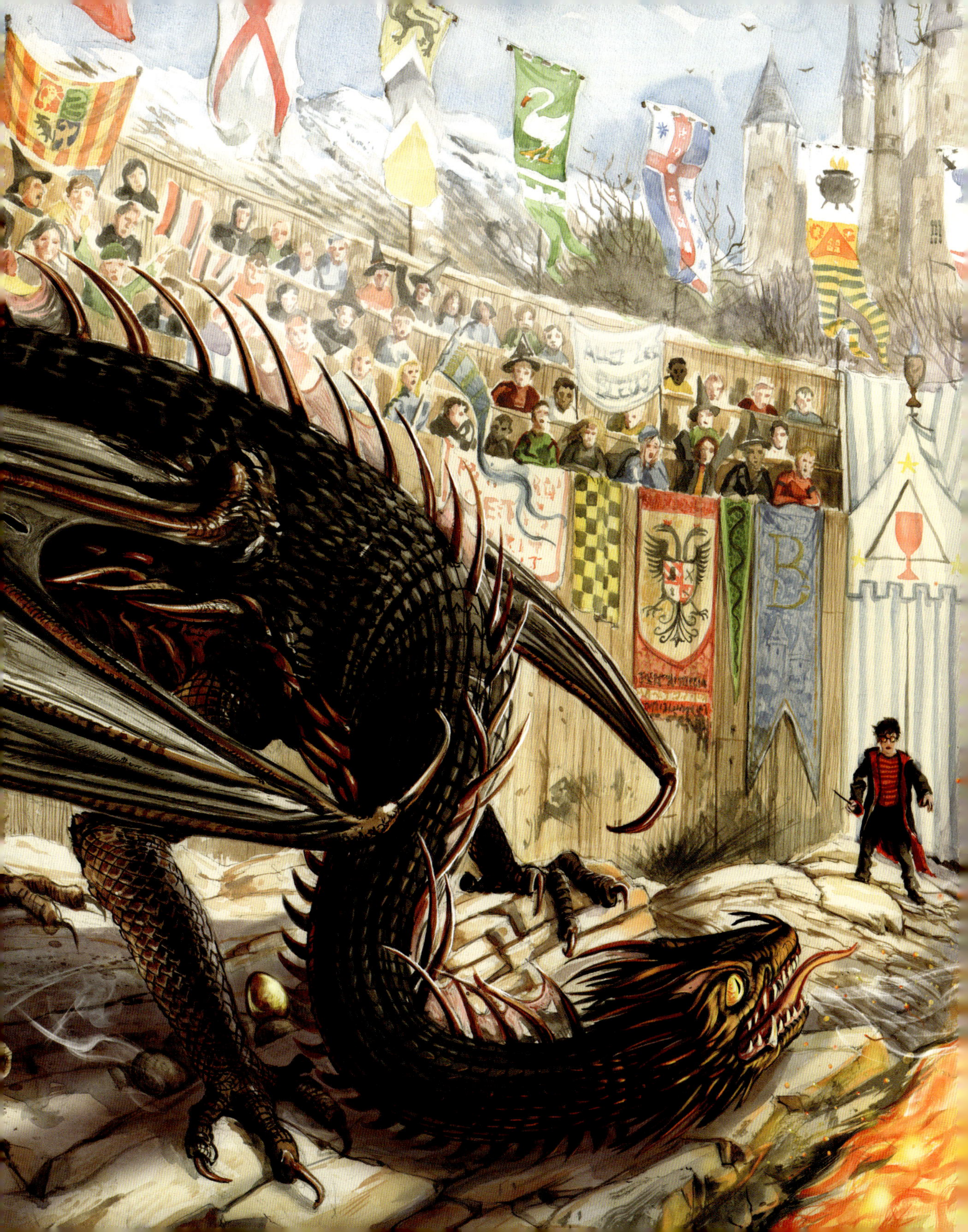

十一月二十八日

"再过几个星期,他们就会把这些忘得一干二净的。弗雷德和乔治自从入学以来,就一直在丢分,人们照样很喜欢他们。"

"但他们从来没有一下子丢掉过一百五十分,是吗?"哈利忧伤地说。

"嗯——那倒没有。"罗恩承认。

《哈利·波特与魔法石》
第15章 禁林

十一月二十九日

"真遗憾他们废除了过去那种老派的惩罚方式……吊住你们的手腕,把你们悬挂在天花板上,一吊就是好几天。我办公室里还留着那些链条呢,经常给它们上上油,说不定哪一天就派上了用场……"

——阿格斯·费尔奇

《哈利·波特与魔法石》
第15章 禁林

十一月三十日

"我自己从没当过级长。"大家都凑在桌子跟前取食物时,唐克斯在哈利身后兴高采烈地说。今天她的头发红得像西红柿,一直拖到腰际,看上去活像金妮的姐姐。"我们学院的院长说我缺乏某些必要的素质。"

"比如说什么呢?"正在挑一个烤土豆的金妮问道。

"比如不能够循规蹈矩。"唐克斯说。

《哈利·波特与凤凰社》
第9章 韦斯莱夫人的烦恼

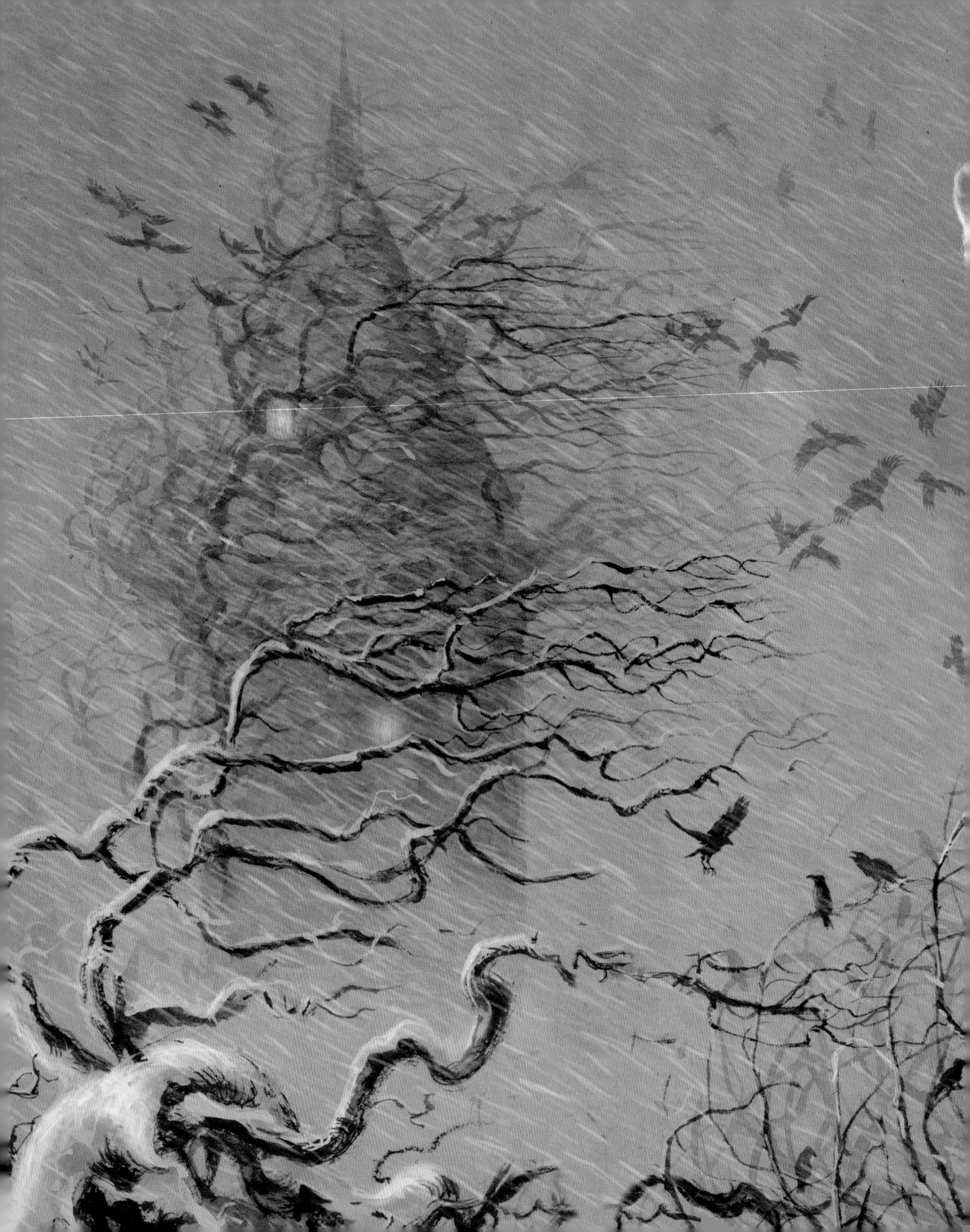

十二月

雪花又在窗外旋舞，扑打着结冰的窗棂，

圣诞节转眼将至。

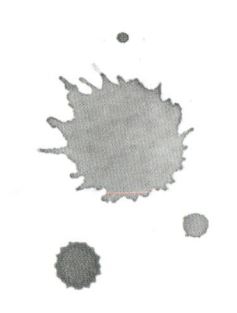

十二月一日

十二月中旬的一天早晨,霍格沃茨学校从梦中醒来,发现四下里覆盖着好几尺厚的积雪。

《哈利·波特与魔法石》
第12章　厄里斯魔镜

十二月二日

乔治轻轻关上门,转身笑嘻嘻地看着哈利。

"提前给你的圣诞节礼物,哈利。"他说。

弗雷德夸张地从斗篷里抽出一样东西,放在课桌上。那是一张大大的正方形羊皮纸,磨损得很厉害,上面什么也没有。哈利盯着它,怀疑又是弗雷德和乔治的恶作剧。

《哈利·波特与阿兹卡班囚徒》
第10章　活点地图

十二月三日

霍格莫德看上去像一张圣诞卡,茅草顶的小屋和店铺上覆了一层新落的白雪,房门上都挂着冬青花环,树上点缀着一串串施了魔法的蜡烛。

《哈利·波特与阿兹卡班囚徒》
第10章 活点地图

十二月四日

"我们可以在那儿把圣诞节要买的东西全买了!"赫敏说,"爸爸妈妈可喜欢蜂蜜公爵的那些牙线薄荷糖了!"

《哈利·波特与阿兹卡班囚徒》
第10章 活点地图

十二月五日

"我可以把我的身家性命托付给他。"邓布利多说。

《哈利·波特与魔法石》
第1章 大难不死的男孩

十二月六日

鲁伯·海格的生日

"我就是我，没什么可羞愧的。'永远别感到羞愧，'我的老爸爸过去常说，'有人会因为这个而歧视你，但他们不值得你烦恼。'"

—— 鲁伯·海格

《哈利·波特与火焰杯》
第24章　丽塔·斯基特的独家新闻

十二月七日

病房门猛然打开了，他们都吓了一跳，海格大步走进来，头发上带着雨水，熊皮大衣在身后摆动着，手里拿着弩弓，在地上踏出海豚一般大的泥脚印。

《哈利·波特与"混血王子"》
第19章　小精灵尾巴

十二月八日

"我自己也在霍格沃茨上过学，但是，实话对你说，我—— 哦 ——被开除了。我当时上三年级。他们撅断了我的魔杖，其他东西都没收了。"

—— 鲁伯·海格

《哈利·波特与魔法石》
第4章　钥匙保管员

十二月九日

"是这样,邓布利多教授允许我开办这家小小的决斗俱乐部,充分训练大家,这样你们有一天需要自卫时,就可采取我曾无数次使用的方式保护自己 —— 欲知这方面的详情,请看我出版的作品。"

—— 吉德罗·洛哈特

《哈利·波特与密室》
第11章 决斗俱乐部

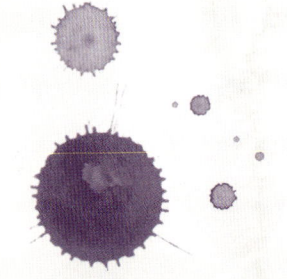

十二月十日

下课铃随时都会响起,哈利和罗恩正拿着弗雷德和乔治发明的两根假魔杖,在教室后排你来我往地比剑术,两人此刻抬起头来,罗恩手里是一只镀锡的鹦鹉,哈利手里是一条橡皮的黑线鳕鱼。

《哈利·波特与火焰杯》
第22章 意外的挑战

十二月十一日

"非凡的组合,冬青木,凤凰羽毛,十一英寸长。不错,也柔韧。"

—— 加里克·奥利凡德

《哈利·波特与魔法石》
第5章 对角巷

十二月十二日

他把断了的魔杖放在校长办公桌上,用老魔杖的杖尖碰了碰它,说了声:"恢复如初。"

魔杖重新接上时,杖尖迸出红色的火星。哈利知道他成功了。

《哈利·波特与死亡圣器》
第36章 百密一疏

十二月十三日

"这根魔杖带来的麻烦超过了它的价值,"哈利说,"而且,说句实话,"他转身离开了那些肖像,心里只想着格兰芬多塔楼上等待着他的那张四柱床,他不知道克利切是不是会给他送一块三明治,"我这辈子的麻烦已经够多了。"

《哈利·波特与死亡圣器》
第36章 百密一疏

十二月十四日

走廊上拉起了冬青和槲寄生组成的粗彩带，每套盔甲里都闪烁着神秘的灯光。礼堂里照例摆着那十二棵圣诞树，树上有金色的星星闪闪发光。

《哈利·波特与阿兹卡班囚徒》
第11章 火弩箭

十二月十五日

"你去挂彩带，皮皮鬼却抓着另一头要把你勒死。"罗恩说。

《哈利·波特与凤凰社》
第21章 蛇眼

十二月十六日

"圣诞舞会无疑会使我们有机会——嗯——散开头发，放松自己。"她以一种不以为然的口吻说。

—— 米勒娃·麦格

《哈利·波特与火焰杯》
第22章 意外的挑战

十二月十七日

"槲寄生。"秋指指他头顶的天花板说。

"没错，"哈利说，感到唇干舌燥，"但里面可能长满了蛸钩。"

《哈利·波特与凤凰社》

第21章　蛇眼

十二月十八日

"真遗憾，你不得不在涅槃日见到他，"邓布利多说着，在桌子后面坐了下来，"它大部分时间是非常漂亮的：全身都是令人称奇的红色和金色羽毛。凤凰真是十分奇特而迷人的生命。它们能携带非常沉重的东西，它们的眼泪具有疗伤的作用，而且它们还是特别忠诚的宠物。"

《哈利·波特与密室》

第12章　复方汤剂

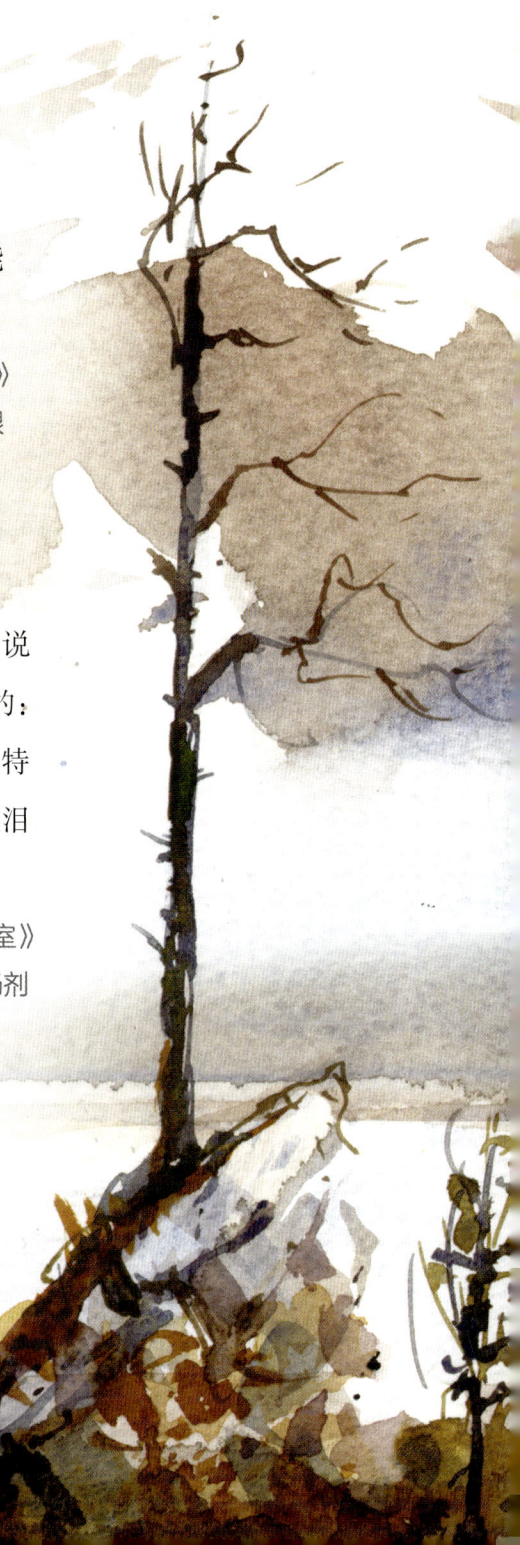

十二月十九日

"我真的很替那些人感到难过，"在一次魔药课上，德拉科·马尔福说道，"他们不得不留在霍格沃茨过圣诞节，因为家里人不要他们。"

《哈利·波特与魔法石》
第12章　厄里斯魔镜

十二月二十日

这会儿，他们就坐在那里，一边吃着所有能用烤叉戳起的食物——面包、面饼、棉花糖，一边设计着能使马尔福被开除的方案。尽管这些方案都不可能付诸实施，但是谈谈总是令人开心的。

《哈利·波特与魔法石》
第12章　厄里斯魔镜

十二月二十一日

鹰头马身有翼兽巴克比克躺在屋角,大声咀嚼着什么血淋淋的东西,血流了一地。

"我不能把它拴在外面的雪地里!"海格哽咽着说,"孤零零的!在圣诞节里!"

《哈利·波特与阿兹卡班囚徒》
第11章 火弩箭

十二月二十二日

罗恩还开始教哈利下巫师棋。巫师棋和麻瓜象棋一模一样,但它的棋子都是活的,所以使人感觉更像是在指挥军队作战。

《哈利·波特与魔法石》
第12章 厄里斯魔镜

十二月二十三日

韦斯莱夫人给他寄的是一件猩红色的毛衣，胸前还织出了格兰芬多的狮子图案。另外还有一打家里烤的小圆百果馅饼、一些圣诞糕点和一盒果仁脆糖。

《哈利·波特与阿兹卡班囚徒》
第11章 火弩箭

十二月二十四日

"爆竹！"邓布利多兴高采烈地说，把一个银色大爆竹的尾端递给斯内普，斯内普不情愿地拉了一下。一声放炮般的巨响，爆竹炸开，露出了一顶大大的尖顶女巫帽，上面顶着一只秃鹫标本。

《哈利·波特与阿兹卡班囚徒》
第11章 火弩箭

十二月二十五日

圣诞节

哈利有生以来从未参加过这样的圣诞宴会。一百只胖墩墩的烤火鸡、堆成小山似的烤肉和煮土豆、一大盘一大盘的美味小香肠、一碗碗拌了黄油的豌豆、一碟碟又浓又稠的肉卤和越橘酱……

《哈利·波特与魔法石》
第12章 厄里斯魔镜

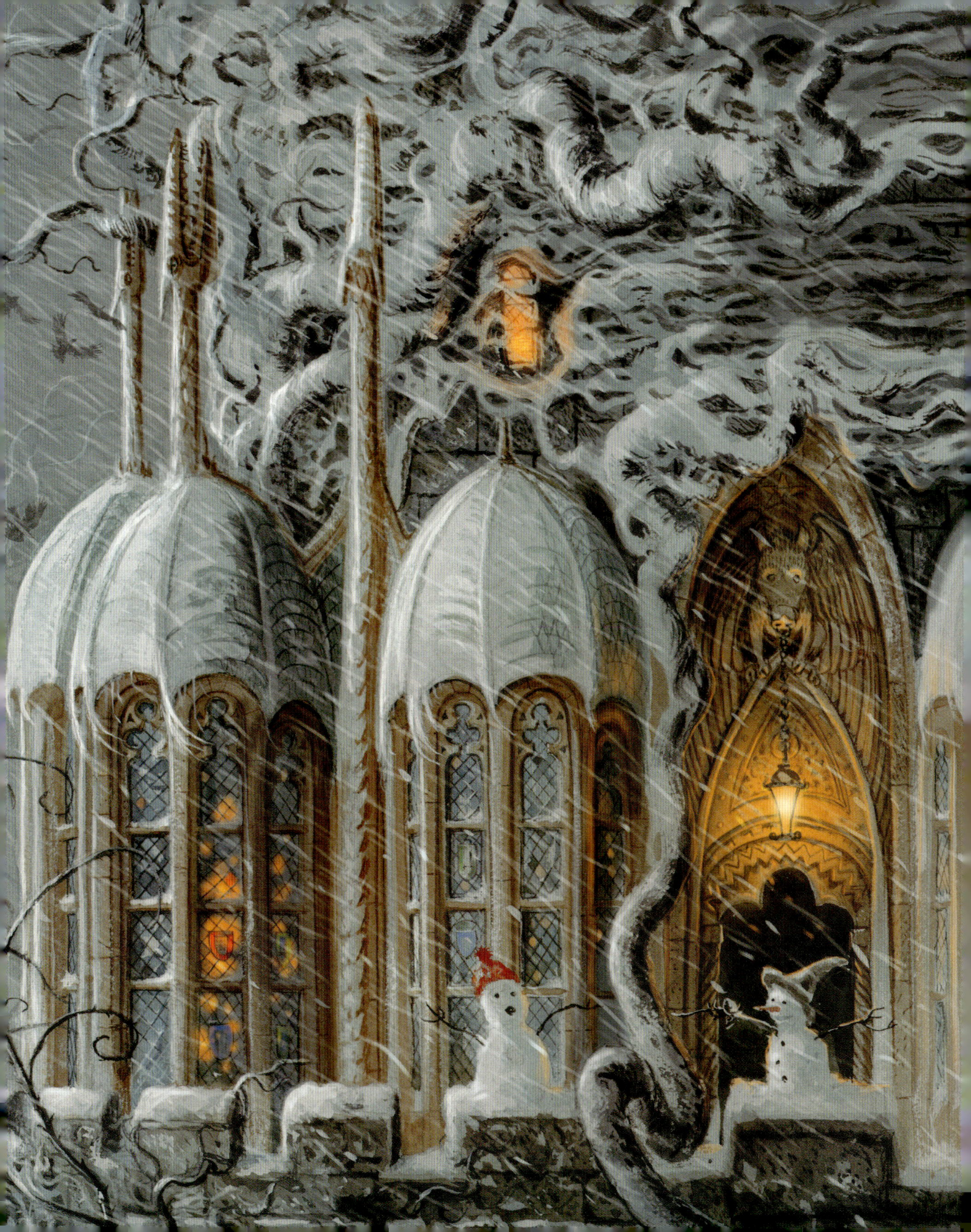

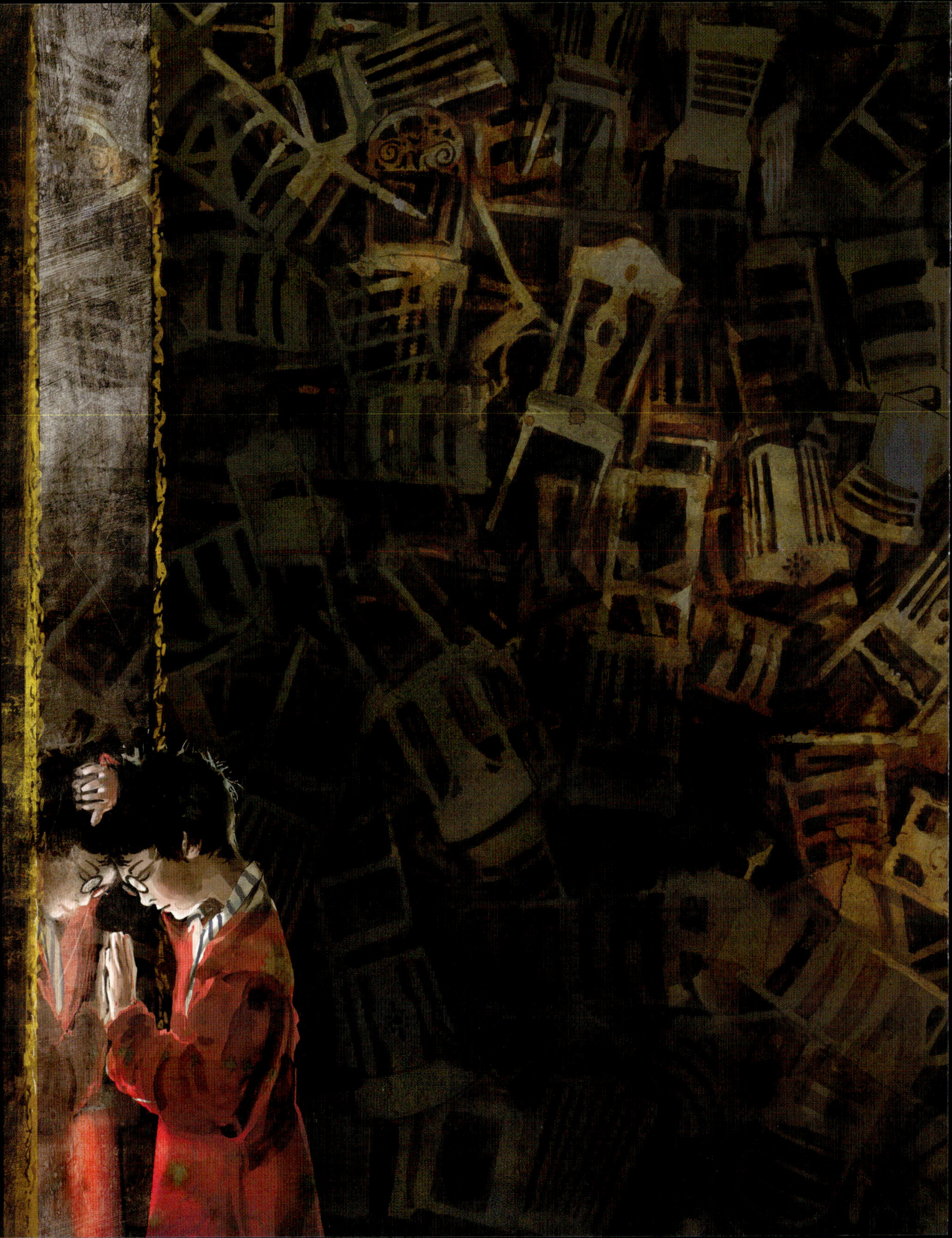

十二月二十六日

　　一种像液体一样的、银灰色的东西簌簌地滑落到地板上，聚成一堆，闪闪发亮。罗恩倒抽了一口冷气。

　　"我听说过这东西。"他压低声音说，把赫敏送给他的那盒比比多味豆扔到了一边，"如果我想得不错——这东西是非常稀罕、非常宝贵的。"

《哈利·波特与魔法石》
第12章　厄里斯魔镜

十二月二十七日

　　哈利现在离镜子很近很近了，鼻子几乎碰到了镜子中自己的鼻子。

　　"妈妈？"他低声唤道，"爸爸？"

《哈利·波特与魔法石》
第12章　厄里斯魔镜

十二月二十八日

　　"明天镜子就要搬到一个新的地方了，哈利，我请你不要再去找它。如果你哪天碰巧再看见它，你要有心理准备。沉湎于虚幻的梦想，而忘记现实的生活，这是毫无益处的，千万记住。好了，为什么不穿上那件奇妙无比的隐形衣回去睡觉呢？"

——阿不思·邓布利多

《哈利·波特与魔法石》
第12章　厄里斯魔镜

十二月二十九日

哈利天亮时才睡着,醒来时发现宿舍里已经没人了。他穿上衣服,走下旋转楼梯,公共休息室里空荡荡的,只有罗恩在揉着肚子吃薄荷蟾蜍糖,赫敏把作业摊满了三张桌子。

《哈利·波特与阿兹卡班囚徒》

第11章 火弩箭

十二月三十日

就在这时,海德薇猛地飞进屋子,嘴里衔着一个很小的包裹。

"你好,"海德薇落在哈利的床上后,哈利高兴地说,"你又愿意理我了吗?"

它以十分亲热的方式轻轻咬了咬哈利的耳朵,这份问候比它带给哈利的那份礼物珍贵得多。原来,那个小包裹是德思礼夫妇捎来的。他们送给哈利一根牙签,还附有一封短信,叫他打听一下能不能暑假也留在霍格沃茨度过。

《哈利·波特与密室》
第12章 复方汤剂

十二月三十一日

汤姆·里德尔的生日

"说来奇怪,哈利,也许最适合掌握权力的是那些从不钻营权术的人,就像你一样,被迫担任领袖的角色,在情势所逼之下穿上战袍,结果自己很惊讶地发现居然穿得很好。"

—— 阿不思·邓布利多

《哈利·波特与死亡圣器》
第35章 国王十字车站

插图索引

下列简写对应书目
《魔法石》——《哈利·波特与魔法石》
《密室》——《哈利·波特与密室》
《囚徒》——《哈利·波特与阿兹卡班囚徒》
《火焰杯》——《哈利·波特与火焰杯》

插件(前)
霍格沃茨特快列车上的哈利,水彩(《魔法石》第6章)p.i
坐在书上的蟾蜍,水彩(《魔法石》前插页)p.iii
驶过高架桥的霍格沃茨特快列车,水彩(《火焰杯》第37章)pp.iv—v
霍格沃茨一景,水彩及彩墨(《魔法石》后插页)pp.vi—vii
霍格沃茨场地上的围墙和学生,水彩及彩墨(《囚徒》第22章)pp.viii—ix

一月
霍格沃茨城堡覆雪的屋顶,水彩(《魔法石》第12章)p.10
城堡前门,铅笔稿(前期草图)p.12
雪中的海格小屋,水彩(《囚徒》第11章)pp.14—15
魔药瓶,水彩(《魔法石》第8章)pp.16—17
围绕火焰的火蜥蜴,水彩及水粉(《囚徒》第12章)pp.18—19
赫敏·格兰杰,铅笔稿(《火焰杯》第37章)p.21
雪中的哈利、罗恩和赫敏,水彩(《囚徒》第11章)pp.22—23
停泊在湖中的德姆斯特朗的大船,水彩(《火焰杯》第24章)p.25
康沃尔郡小精灵和吉德罗·洛哈特,铅笔稿(前期草图)pp.26—27
哈利和邓布利多,水彩(《魔法石》第12章)p.28

二月
禁林中的独角兽,水墨(《魔法石》第15章)p.30
独角兽崽,毡头笔(《火焰杯》第24章)p.32
霍格沃茨一景,水彩(《火焰杯》第24章)p.33
在女贞路4号的韦斯莱先生,水彩(《火焰杯》第4章)p.34
地精,铅笔稿(前期草图)p.35
地精,水彩(《密室》第3章)pp.36—37
情人节的小矮人,钢笔稿(《密室》第13章)p.38
盔甲,铅笔稿(前期草图)p.39
拿着里德尔日记本的哈利,水彩(《密室》第13章)p.40
进入里德尔日记本的哈利,丙烯及水彩(《密室》第13章)p.41
海格小屋中的巴克比克,水彩(《囚徒》第14章)p.42
海格的徽章,水彩(《囚徒》第14章)p.43
月光下的霍格沃茨的湖泊,水彩(《魔法石》第9章)p.44
星空下的霍格沃茨城堡,毡头笔(前期草稿)p.46
送来吼叫信的埃罗尔,水墨(《密室》第13章)p.47

三月
第三温室,水彩(《囚徒》第16章)p.48
罗恩·韦斯莱,铅笔稿(前期草图)pp.50—51
天文塔,铅笔设定稿(前期草图)p.52
手捧水晶球的西比尔·特里劳妮(《囚徒》第16章)p.53
莱姆斯·卢平的肖像,铅笔(《囚徒》第22章)p.55
飞翔的猫头鹰,水彩(《魔法石》第1章)pp.56—57
恶作剧精灵皮皮鬼,水彩及彩墨(《魔法石》第10章)pp.58—59
霍格沃茨屋顶局部,水彩(《囚徒》第8章)pp.60—61
大脚板,炭笔及水彩(《囚徒》第15章)p.63
S.P.E.W.徽章,水彩(《火焰杯》第14章)p.64
捧着一只条纹袜的多比,水彩(《密室》第18章)p.65

四月
三头鹰头马身有翼兽,水彩(《囚徒》第6章)p.66
雕像两旁的弗雷德和乔治,水彩(《囚徒》第10章)p.68
森林巨怪,铅笔稿(前期草图)p.69
飞翔的金色飞贼,水彩(《魔法石》第11章)pp.70—71
复活节彩蛋,毡头笔(前期草图)p.72
一摞书,水彩(《魔法石》第13章)p.73
差点没头的尼克,水彩(《魔法石》第7章)p.75
哈利、罗恩、牙牙和阿拉戈克,水彩(《密室》第15章)p.76
蜘蛛,水彩(《密室》第15章)p.77
正在出壳的诺伯,水彩(《魔法石》第14章)p.78
挪威脊背龙,铅笔稿(前期草图)p.79
普通威尔士绿龙,水彩(《火焰杯》第19章)p.80
吐真剂,毡头笔(《火焰杯》第30章)p.82
霍格沃茨城堡屋顶,铅笔稿(前期草图)p.83

五月
霍格沃茨一景,水彩(《魔法石》第17章)p.84
月光下的霍格沃茨,水墨(《魔法石》第6章)p.86
林中的独角兽,水墨(前期草图)p.88
牙牙,铅笔稿(前期草图)p.89
金妮·韦斯莱的肖像,丙烯(《火焰杯》第22章)p.90

魔鬼网，水彩（《魔法石》第16章）p.92
一号温室，水彩（《密室》后衬）pp.94—95
天空中的鸟，水彩（前期草图）pp.96—97
冥想盆，水彩（《火焰杯》第30章）p.98
捧着蟾蜍的西弗勒斯·斯内普，水彩（《囚徒》第7章）p.99
蛇怪蜕下的皮，水彩（前期草图）pp.100—101
骑士棋子，铅笔稿（前期草图）p.102
赫敏的空椅子，水粉（前期草图）p.103

六月

坐在学校围墙上的学生们，水彩（《囚徒》第22章）p.104
克拉布、德拉科和高尔，水彩（前期草图）p.106
德拉科·马尔福，铅笔稿（前期草图）p.107
海格小屋，铅笔稿（前期草图）p.108
正在追赶学生的炸尾螺，水彩（《火焰杯》第21章）p.109
待在自己房间里的罗恩·韦斯莱，水彩（《火焰杯》第5章）p.110
凤凰，铅笔稿（前期草图）p.112
凤凰羽毛，水彩（前期草图）p.113
期末宴会，水彩（《魔法石》第17章）p.115
邓布利多与火焰杯，丙烯（《火焰杯》第16章）p.116
迷宫中的三强赛，水彩（《火焰杯》第31章）p.119
天文塔，铅笔稿（前期草图）p.120
墓碑，水墨（《火焰杯》第33章）p.121

七月

骑着小天狼星会飞的摩托车的海格，水彩及彩墨（《魔法石》第1章）p.122
楼梯下储物间里的哈利，铅笔稿（前期草图）p.124
争夺来信，铅笔稿（前期草图）p.126
穿着斯梅廷中学校服的达力，水彩（《魔法石》第3章）p.127
哈利的闪电形伤疤，毡头笔（《火焰杯》第2章）p.128
飞天扫帚护理工具箱，水彩（《囚徒》第1章）p.129
哈利的牡鹿守护神，水彩及彩墨（《囚徒》第21章）pp.130—131
奥特里·圣卡奇波尔村风景，毡头笔（《火焰杯》第10章）p.132
扔出地精的罗恩，水彩（《密室》第3章）p.133
对达力施变形魔法的海格，水彩（《魔法石》第4章）pp.134—135
礁石上的小木屋，水墨（《魔法石》第4章）p.136
霍格沃茨的来信，铅笔稿（前期草图）p.137
海格的钥匙，铅笔稿（前期草图）p.138
坐在小船上的海格和哈利，水彩（《魔法石》第5章）p.139

八月

黄昏下的陋居，水墨（《密室》第3章）p.140
飞往陋居的路上，水彩（《密室》封面）pp.142—143
对角巷路口，铅笔稿（前期草图）p.144
破釜酒吧的招牌，水彩及彩墨（《魔法石》第5章）p.145
对角巷，水彩（《魔法石》第5章；《密室》第4章）p.146—147
厨房里的韦斯莱夫人，水彩（《火焰杯》第4章）pp.148—149
骑士公共汽车，水彩及彩墨（《囚徒》封面）p.150
骑士公共汽车车票，水彩及彩墨（《囚徒》第3章）p.151
康奈利·福吉的绿色圆礼帽，水墨（《密室》第14章）p.153
魁地奇纪念品小摊，水彩（《火焰杯》扉页）p.154
衔着信件的猫头鹰，铅笔稿（前期草图）p.156
莫丽寄给德思礼家的信，水彩（《火焰杯》第3章）p.157

九月
霍格沃茨特快列车，丙烯（《魔法石》封面）p.158
9¾站台，丙烯（《魔法石》封面）p.160
拿着车票的哈利，铅笔稿（前期草图）p.161
凳子上的分院帽，铅笔稿（前期草图）p.162
哈利和分院帽，丙烯（《魔法石》第7章）p.163
坐在书上的蟾蜍，铅笔稿（前期草图）p.164
针织小狮子，水彩（《囚徒》第11章）p.165
带翅膀的野猪，铅笔稿（前期草图）p.166
盔甲，铅笔稿（前期草图）p.166
蜘蛛，水彩（《密室》第15章）p.167
霍格沃茨一景，水彩及彩墨（《魔法石》后衬）pp.168—169
赫敏拿着装有蓝色火苗的瓶子，水彩及彩墨（《魔法石》第11章）p.171
曼德拉草，钢笔稿（《密室》第6章）pp.172—173
阿不思·邓布利多，铅笔稿（前期草图）p.175
光轮2000，铅笔稿（前期草图）p.176
魁地奇球，水彩（《魔法石》第11章）p.177

十月
海格小屋，水彩（《魔法石》第8章）p.178
牙牙，铅笔稿（前期草图）p.180
南瓜和蜘蛛，水彩（《魔法石》第10章）p.181
变成乌龟的茶壶，水彩（《囚徒》第16章）p.183
施咒击退博格特的帕瓦蒂·佩蒂尔，水彩及水墨（《囚徒》第7章）p.184
克鲁克山和斑斑，水彩（《囚徒》第5章）pp.186—187
会飞的钥匙，水彩（《魔法石》第16章）p.188
会飞的钥匙，铅笔稿（前期草图）p.189
黄昏下的魁地奇球门，水墨（《魔法石》第10章）p.191
腐烂的忌辰晚宴，铅笔稿（前期草图）pp.192—193
腐鱼上爬着老鼠，铅笔稿（前期草图）p.194
霍格沃茨的幽灵，水墨（《魔法石》第7章）p.195

十一月
拿着记忆球的德拉科，水彩（《魔法石》第9章）p.196
魁地奇看台上的大脚板，水墨（《囚徒》第9章）pp.198—199
雨中魁地奇，丙烯（《密室》第10章）p.200
生骨灵，水彩（《密室》第10章）p.202
巧克力，水彩（《囚徒》第5章）p.203
霍格莫德邮局的猫头鹰，水彩（《囚徒》第8章）pp.204—205
摄魂怪，水墨（《囚徒》第12章）p.206
正在使用魔杖的疯眼汉穆迪，水墨（《火焰杯》第13章）p.207
秋天的树，水墨（前期草图）p.208
吃蜘蛛的蟾蜍，铅笔稿（前期草图）p.209
瑞典短鼻龙，水彩（《火焰杯》第20章）pp.210—211
龙蛋，铅笔稿（前期草图）p.211
第一个项目，水彩（《火焰杯》封面）pp.212—213
格兰芬多的沙漏，水彩（《魔法石》第15章）p.214
霍格沃茨屋顶局部，铅笔稿（前期草图）p.215

十二月
冬天的霍格沃茨城堡塔楼，水彩及彩墨（《密室》第11章）p.216
圣诞星星，毡头笔（《火焰杯》第23章）p.218
冬天的树，水彩（《囚徒》第11章）p.219
骑着摩托车的海格，铅笔稿（前期草图）p.220
叼着玩具的牙牙，水彩（《魔法石》献词页）p.221
垫子上的魔杖，水彩（《魔法石》第5章）p.222
握着魔杖的手，毡头笔（《火焰杯》第34章）p.223
飞翔的福克斯，水彩（《魔法石》第13章）pp.224—225
巫师棋棋子，铅笔稿（前期草图）p.226
圣诞装饰凤凰，水彩（《密室》第12章）p.227
霍格沃茨覆雪的窗户，水彩及彩墨（《密室》第11章）p.229
厄里斯魔镜前的哈利，水彩及彩墨（《魔法石》第12章）p.230
哈利，铅笔稿（前期草图）p.232
飞翔的海德薇，水粉（前期草图）p.233

插件（后）
山中巢上的凤凰，铅笔稿（《密室》第18章）p.235
霍格沃茨一景，铅笔稿（前期草图）p.237
飞行中的鸟，铅笔稿（前期草图）pp.238—239
衔着信件的猫头鹰，水彩（《魔法石》第4章）p.240

总的来说，我对创作使用的材料并不算太挑剔。举个例子，油漆就是一种我很喜欢的颜料，又便宜又鲜亮！不过，为了省事，我用过的各种颜料在这里都统一叫做"水彩"吧。很多插图也都在后期经过了数码加工。

吉姆·凯

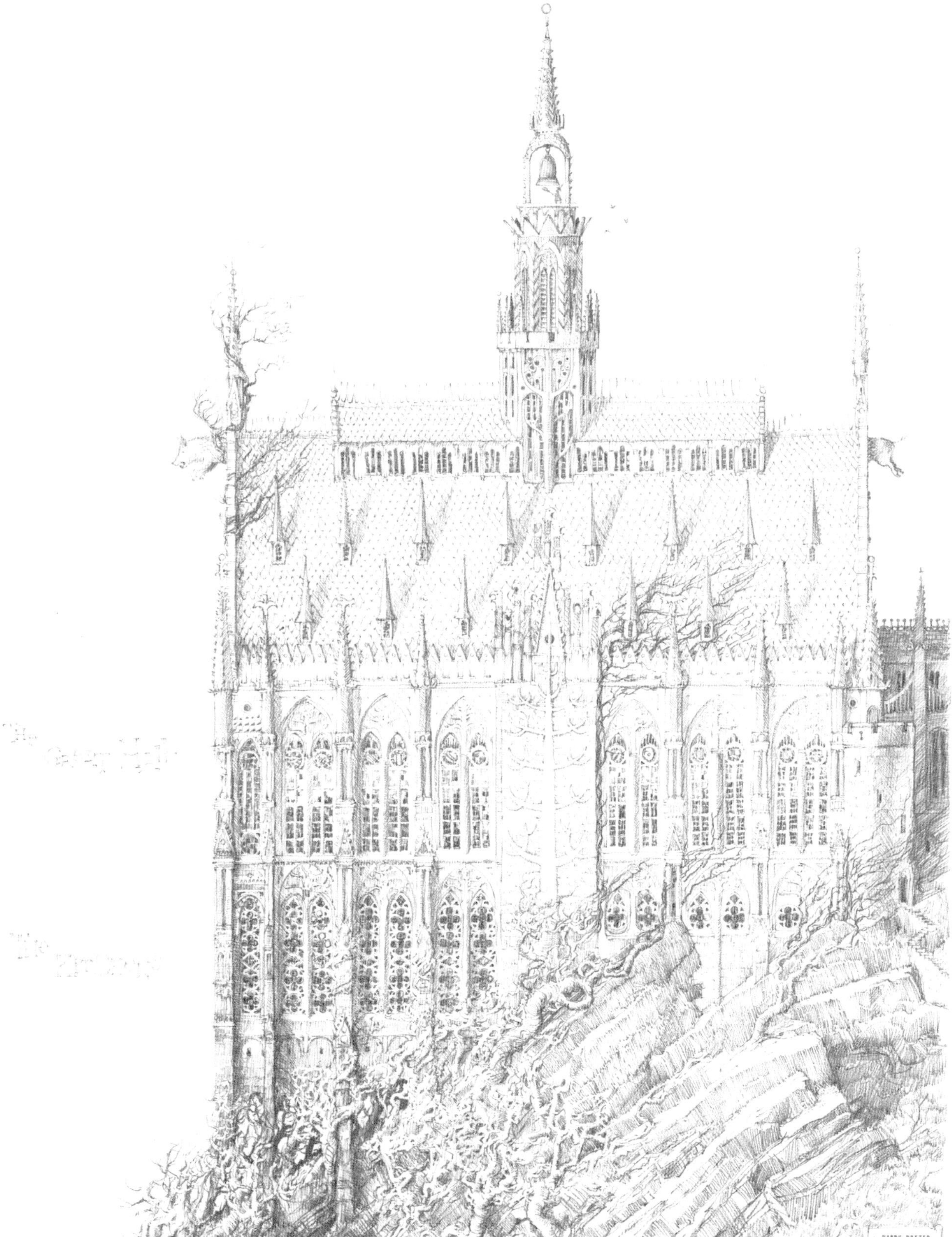

· HARRY POTTER ·
CONCEPT WORK 2013
HOGWARTS

J.K. 罗琳

　　J.K. 罗琳是畅销书"哈利·波特"系列的作者,该系列小说于1997年至2007年间陆续出版,深受读者喜爱。迄今为止,"哈利·波特"系列销量已逾500,000,000册,被翻译成80余种语言,并被改编成8部好莱坞大片。J.K. 罗琳还为慈善组织撰写过3部"哈利·波特"系列衍生作品,分别是《神奇的魁地奇球》《神奇动物在哪里》(用于资助喜剧救济基金会和"荧光闪烁")以及《诗翁彼豆故事集》(用于资助"荧光闪烁")。她还与编剧杰克·索恩、导演约翰·蒂法尼合作,共同创作了舞台剧《哈利·波特与被诅咒的孩子》,该剧于2016年夏天在伦敦西区上演,现演出于全球多地。同年,她首次以编剧身份创作了《神奇动物在哪里》电影剧本,该电影为"神奇动物"系列电影的第一部,讲述了神奇动物学家纽特·斯卡曼德的故事,其灵感来源为同名衍生图书《神奇动物在哪里》。J.K. 罗琳还为成年读者写过一本独立小说《偶发空缺》,并以笔名罗伯特·加尔布雷思出版过一系列推理小说,均已被改编为电视剧。2020年,J.K. 罗琳为少儿读者推出了童话作品《伊卡狛格》,并将自己从中获得的全部版税捐给了受新冠疫情影响的人群。她曾荣获众多奖项和荣誉,其中包括表彰她对文学和慈善做出巨大贡献的大英帝国勋章和荣誉勋爵头衔。目前,她与家人一同生活在苏格兰。

吉姆·凯

　　吉姆·凯是帕特里克·奈斯的小说《恶魔呼唤》的插画绘制者，他的插画获得了2012年凯特·格林纳威奖。他曾在威斯敏斯特大学学习绘画，毕业后曾先后在泰特英国美术馆和英国皇家植物园工作。他在里奇蒙美术馆举办个展时，一位出版商看中了他的绘画，主动与他洽谈，自此开启了他的自由插画家生涯。吉姆也为电影和电视节目创作概念图，并参与过在伦敦维多利亚与阿尔伯特博物馆举办的"记忆宫殿"联合展览。《哈利·波特与魔法石》全彩绘本出版后，在世界范围内好评如潮。布鲁姆斯伯里出版社已经委托他为"哈利·波特"系列全部七本作品绘制插画。目前，他与妻子一同生活、工作于英国萨塞克斯。

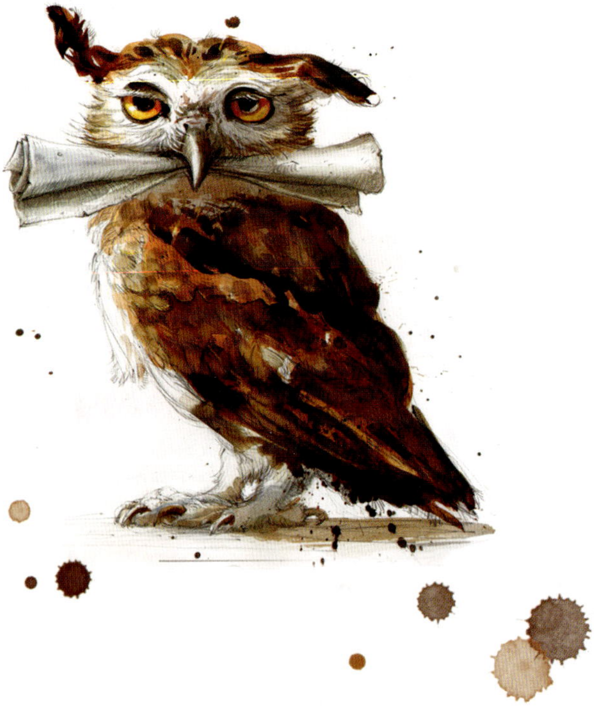

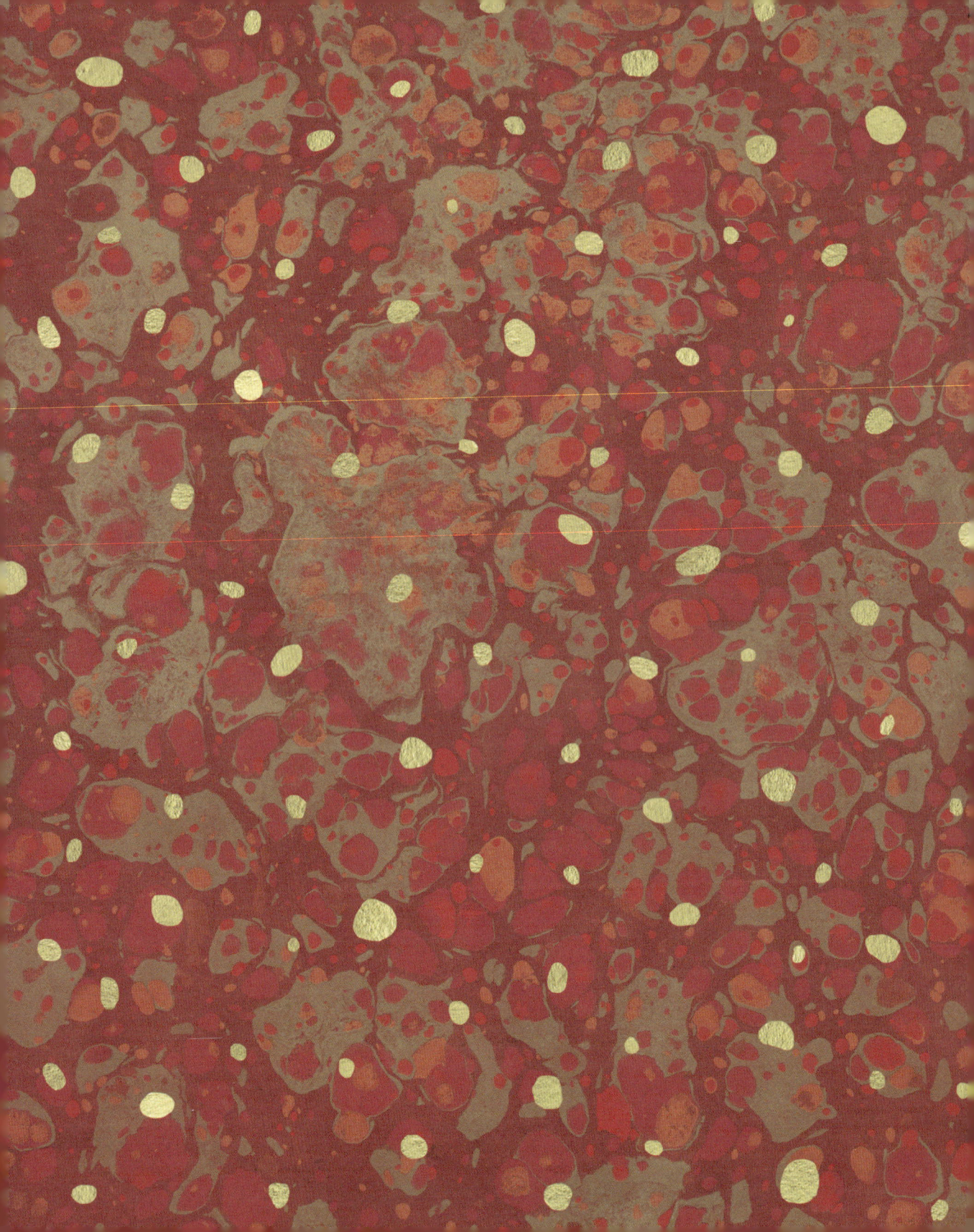